노인과 바다

노인과 바다

어니스트 헤밍웨이 | 이경식 옮김

문예출판사

The Old Man and the Sea

Ernest Hemingway

차례

노인과 바다 • 7
킬리만자로의 눈 • 135

작품 해설 • 183
어니스트 헤밍웨이 연보 • 189

• 본문의 주석은 모두 옮긴이 주다.

노인과 바다

그는 멕시코 만류(灣流)에서 조각배를 타고 혼자 고기잡이를 하는 늙은이였다. 고기를 한 마리도 낚지 못한 날이 84일이나 계속되었다. 처음 40일 동안은 한 소년이 노인과 함께 있었다. 그러나 40일이 지나고도 고기를 한 마리도 낚지 못하자, 소년의 부모는 이제 노인은 완전히 '살라오'가 된 것이라고 말했다. '살라오'란 스페인 말로 최악의 사태를 뜻하는 말이다. 소년은 부모가 하라는 대로 다른 배를 타게 되었고, 그 배는 첫 주에 멋진 고기를 세 마리나 잡았다. 노인이 날마다 빈 배로 돌아오는 걸 보는 것이 소년은 무엇보다 가슴 아팠다. 그래서 소년은 늘 노인을 맞이하러 가서 휘감겨버린 낚싯줄이랑 갈퀴와 작살 그리고 돛대에 둘둘 말아둔 돛 같은 것을 치우는 노인을 도와주었다. 돛은 밀가루 부대 조각으로 여기저기 기워서 돛대에 둘둘 감아두면 마치 영원한 패배를 상징하는 깃발처럼 보였다.

노인은 깡마른 데다 목덜미에 깊은 주름이 잡혀 있었다. 열대의 바다가 반사하는 태양의 열기 때문에 노인의 뺨에는 피부암처럼 보이는 갈색 반점이 사라질 줄을 몰랐다. 이 반점은 얼굴 양쪽에서 훨씬 아래까지 번져 있었다. 두 손에는 군데군데 깊은 상처가 나 있었다. 큰 고기를 잡으면서 밧줄을 다루다가 생긴 상처였다. 그러나 어느 것도 새로 생긴 상처는 아니었다. 물고기가 없는 사막의 침식 지대처럼 오래되고 메마른 상처들이었다.

눈을 제외한 노인의 모든 것은 늙었다. 그러나 눈만은 바다와 똑같은 빛깔을 띠었으며 쾌활함과 불굴의 생기가 감돌았다.

"산티아고 할아버지."

소년이 조각배를 끌어올린 둑으로 노인과 함께 올라가면서 입을 열었다.

"난 할아버지와 함께 다시 바다로 나갈 수 있어요. 돈을 좀 벌었거든요."

노인은 지금까지 소년에게 고기잡이를 가르쳐왔다. 그래서 소년은 노인을 무척 따랐다.

"안 된다니까."

노인이 말했다.

"네가 타고 있는 배는 재수 좋은 배니까, 그 사람들하고 같이 있어야 해."

"그렇지만 할아버지는 우리가 87일 동안이나 고기를 한 마리도 못 잡다가 어떻게 해서 3주 동안 매일같이 큰 고기를 잡았는지 기억하시죠?"

"기억하구말구."

노인이 대답했다.

"네가 내 솜씨를 의심해서 떠나간 게 아니라는 것도 알지."

"나는 아직 어리니까 아버지의 말씀을 들어야 했어요."

"암, 그렇구말구. 당연한 얘기지."

노인은 고개를 끄덕였다.

"아버지는 신념이 없어요."

"그런가 보다. 하지만 우리는 신념을 가졌지. 그렇지 않니?"

"그럼요."

소년이 말했다.

"제가 테라스에서 맥주를 한잔 살 테니 드시고 나서 어구(漁具)를 나르죠."

"좋은 생각이야. 어부끼리니까 사양은 필요 없으렷다."

노인이 말했다.

노인과 소년이 테라스에 자리를 차지하고 앉자 많은 어부가 노인을 놀려댔다. 그러나 노인은 화를 내지 않았다. 그중에서도 나이 든 어부들은 슬픈 얼굴로 노인을 바라보았다. 그러나 그들은 그런 감정은 조금도 나타내지 않고 그날의 조류(潮流)가 어떻다는 둥, 얼마나 깊은 바다에 낚싯줄을 내렸는지 모른다는 둥, 이런 좋은 날씨는 당분간 계속될 것이라는 둥 그들이 보았던 것들에 대해서 다정하게 이야기를 주고받았다.

그날 큰 어획을 올린 어부들은 벌써 돌아와서 잡아 온 청새치에 칼질을 해서 두 장의 널빤지에 길게 늘어놓고 두 사람이 널빤지 양쪽에 붙어서 비틀거리며 어류 저장고로 운반해 갔다. 그곳에서 그들은 아바나 시장으로 생선을 싣고 가는 냉동 화물차를 기다릴 것이다. 상어를 잡은 어부들도 벌써 만(灣)의 반대편 기슭에 있는 상어 공장으로 잡은 것을 운반했다. 거기에서는 상어들을 도르래와 밧줄로 들어 올려 간을 빼내고 지느러미를 자르고 껍질을 벗겨내고 살은 소금에 절이기 위해 토막쳤다.

바람이 동쪽에서 불어오면 만을 가로질러 상어 공장에서 나는 냄새가 이곳까지 풍겨왔다. 그러나 오늘은 냄새가 대단치 않았다. 바람이 북쪽으로 물러났기 때문이었다. 그리고 그 바람도 이내 자버려서 테라스에는 햇볕이 상쾌하게 들었다.

"산티아고 할아버지."

소년이 불렀다.

"응."

맥주잔을 든 채 옛날 생각에 잠겨 있던 노인이 대답했다.

"내일 쓰시도록 정어리를 좀 구해다 드릴까요?"

"아니야, 괜찮아. 가서 야구나 하렴. 아직은 내가 노를 저을 수 있으니까. 게다가 로헤리오가 어망을 던져줄 테니까."

"저는 가고 싶은걸요. 할아버지하고 함께 못 간다면 다른 거라도 도와드리고 싶어요."

"자넨 나에게 맥주를 사주지 않았나. 자네도 이젠 어엿한 어른이야."

노인이 말했다.

"할아버지가 처음 저를 배에 태워주셨을 때 제가 몇 살이었지요?"

"다섯 살이었지. 내가 팔팔한 고기를 잡아 올렸을 때, 그놈은 배를 거의 산산조각 낼 뻔했어. 그때 너도 하마터면 죽을 뻔했단다. 생각이 나니?"

"제가 생각나는 것은 말이에요, 그놈의 고기가 꼬리를 이리저리 마구 치면서 날뛰어 배의 가름나무를 부러뜨린 일이에요. 할아버지가 나를 번쩍 들어서 젖은 낚싯줄이 꼬여 있는 뱃머리로 던져버렸죠. 배가 마구 흔들리던 거랑 고기를 곤봉으로 두들기던 소리도 기억이 나요. 할아버지는 마치 장작을 패듯 고기를 두들겼지요. 곤봉 소리가 들려오는 듯해요. 그리고 달콤한 피 냄새가 내 몸에 온통 풍기던 일도 생각나구요."

"정말 그 일이 생각나는 거냐, 아니면 내가 얘기해준 게 생각나는 거냐?"

"할아버지와 함께 바다로 나갔을 때부터는 모조리 다 기억하고 있어요."

햇볕에 그을린 노인은 믿음직하고 다정한 눈으로 소년을 바라보았다.

"네가 나의 친자식이라면, 너를 데리고 나가서 모험도 한번 해보고 싶다만."

노인이 다시 입을 열었다.

"하지만 너는 네 아버지의 아들이고, 또 네 어머니의 아들이다. 게다가 네가 지금 타고 있는 배는 운이 좋은 배란 말이야."

"정어리를 구해 올까요, 할아버지? 저는요, 미끼를 네 개 가져오라고 해도 가져올 수 있답니다."

"아직 쓸 것이 남아 있다. 소금에 절여서 궤짝에 넣어두었단다."

"싱싱한 걸로 네 개 구해다 드릴게요."

"하나로 족해."

노인이 말했다. 노인에게는 아직 희망과 자신감이 불타오르고 있었다. 그것이 지금 미풍과 더불어 새로이 일기 시작했다.

"두 개 가져올게요."

소년이 말했다.

"그럼 두 개."

노인은 할 수 없이 응했다.

"훔친 것은 아니지?"

"훔칠 수도 있지만요, 이건 산 거예요."

소년이 말했다.

"고맙군."

노인은 단순한 사람이었다. 그래서 자기가 지나치게 스스로를 비하하지 않았는가 하고 생각하는 일도 없었다. 그러나 지금은 자기가 확실히 좀 겸손해졌음을 알았다. 그렇다고 해서 부끄러운 일이 아니며, 진정한 자부심을 조금도 손상하지는 않는다고 생각하고 있었다.

"조류가 이대로만 가준다면 내일도 틀림없이 좋은 날씨가 되겠군."

노인이 말했다.

"어디로 나가시겠어요?"

소년이 물었다.

"나갈 수 있는 한 멀리 나갔다가 바람이 바뀔 때 돌아오기로 하지. 날이 밝기 전에 나갈 작정이다."

"그럼 우리 주인한테도 멀리 나가자고 말할게요."

소년이 말했다.

"그렇게 하면 할아버지가 정말 큰 놈을 낚아 올렸을 때 우리가 가서 도와드릴 수 있잖아요."

"그 사람은 멀리 나가는 걸 좋아하지 않는가 보더라."

"그건 그래요."

소년이 말했다.

"하지만 주인이 못 본 것을 보았다고 할 거예요. 새가 고기를 찾아 돌아다니고 있는 곳을 보았다구요. 그래서 돌고래를 좇아서 멀리 나아가도록 해볼게요."

"그 사람 눈이 그렇게도 나쁘냐?"

"거의 장님이나 마찬가진 걸요."

"그것참 이상한 일이군."

노인이 말했다.

"그 사람은 말이야, 거북이잡이를 나간 일도 없는데. 거북이잡이를 하면 눈을 못 쓰게 되거든."

"할아버지는 모스키토 해안에서 몇 년 동안이나 거북이잡이를 하셨지만, 눈은 아직 말짱하잖아요."

"나야 별난 늙은이니까."

"그런데 정말 큰 고기가 물리면 감당할 수 있을 만큼 지금도 힘이 세요?"

"아마 그럴 게다. 그리고 여러 가지 방법을 알고 있으니까."

"그럼 어구를 집으로 운반하시죠."

소년이 노인을 재촉했다.

"그래야 제가 투망을 가지고 정어리를 잡으러 갈 수 있잖아요."

노인과 소년은 배에서 선구(船具)를 집어 들었다. 노인은 돛대를 어깨에 멨다. 소년은 갈색 낚싯줄을 둘둘 감아 넣어놓은 나무 상자와 갈고리대와 창이 꽂힌 작살을 옮겼다. 미끼가 들어 있는 상자는 조각배의 그물에 매어두었다. 그 옆에는 큰 고기를 배 위로 끌어올렸을 때, 고기의 힘을 죽이기 위해서 쓰는 곤봉이 가지런히 놓여 있었다. 아무도 노인의 물건을 훔쳐가지는 않겠지만, 돛과 굵은 밧줄은 이슬을 맞으면 좋지 않으니까 가져가기로 했다. 그리고 노인도 이 지방 사람이 혹시라도 자기 물건에 손을 대지는 않으리라고 믿지만, 갈고리대랑 작살을 배 위에 둔다는 것은 공연히 마음을 유혹

하는 짓이라고 생각했다.

 노인과 소년은 노인이 살고 있는 통나무집으로 걸어 올라가서 활짝 열린 문으로 들어갔다. 노인은 돛으로 둘둘 감아 싼 돛대를 벽에 기대어놓았다. 소년은 나무 상자랑 다른 선구를 그 옆에 내려놓았다. 돛대는 단칸방인 통나무집의 길이만 했다. 이 통나무집은 구아노라고 불리는 종려나무의 튼튼한 껍질로 만들었다. 방안에는 침대, 테이블, 의자가 각각 하나씩 자리를 차지했고, 흙바닥에는 숯불로 음식을 만드는 장소가 마련되어 있었다. 섬유가 질긴 구아노를 여러 겹으로 포개서 반반하게 만든 벽 위에는 두 장의 채색된 그림이 걸려 있었다. 한 장은 예수의 〈성심(聖心)〉*이었고, 또 한 장은 코브레 성모 마리아의 그림이었다. 둘 다 죽은 아내의 유품이었다. 이전에는 색 바랜 아내의 사진이 걸려 있었으나 노인은 사진을 떼어버렸다. 그것을 바라보면 마음이 너무 울적해지기 때문이었다. 지금 아내의 사진은 방구석에 있는 선반의 세탁한 속옷 밑에 있었다.

"무얼 잡수시겠어요?"

소년이 물었다.

"노란 쌀밥에 생선으로 하지. 자네도 좀 먹겠나?"

"아뇨. 저는 집에 가서 먹겠어요. 불을 피워드릴까요?"

"괜찮아. 내가 나중에 피울 테니까. 아니면 찬밥을 먹어도 되고."

---

* 가톨릭교 성화(聖畵)의 제목. 그리스도의 심장이 창에 찔리는 그림으로, 인류에 대한 그리스도의 사랑을 상징한다.

"투망을 가져가도 될까요?"

"되구말구."

투망이 있을 리가 없었다. 소년은 투망을 언제 팔아버렸는지도 기억했다. 그러나 노인과 소년은 이런 거짓말을 매일 되풀이했다. 노란 쌀밥 한 공기도 생선도 있을 리가 없었다. 이것도 소년은 잘 알았다.

"85라는 숫자는 재수가 좋은 숫자란 말이다."

노인이 말했다.

"내가 말이야, 내장을 빼고도 1,000파운드 이상 되는 큰 놈을 잡아가지고 돌아오는 것을 보구 싶겠지?"

"전 투망을 가지고 정어리를 잡으러 갈게요. 할아버지는 문간에서 햇볕이나 쬐면서 쉬고 계세요."

"오냐. 어제 신문이 있으니까, 야구 기사나 읽어야겠다."

소년은 어제 신문이라는 게 거짓말인지 아닌지를 알 수 없었다. 그러나 노인은 침대 밑에서 신문을 꺼내 왔다.

"보데가*에서 페리코가 주더구나."

노인이 말했다.

"정어리를 잡으면 돌아올게요. 할아버지 것과 제 것을 함께 얼음에 채워뒀다가 아침에 나누기로 하죠. 돌아오거든 야구 이야기를 해주셔야 해요."

---

* 스페인 말로 '작은 주점'이라는 뜻

"양키스가 이길 게 뻔하지."

"하지만 클리블랜드의 인디언스가 있으니까 안심할 수도 없을 거예요."

"얘야, 양키스를 믿으란 말이다. 위대한 디마지오 선수가 있잖니."

"저는 디트로이트의 타이거즈와 클리블랜드의 인디언즈가 걱정이 되는 걸요."

"정신 차리라구. 그러다간 심지어는 신시내티의 레드즈나 시카고의 화이트 삭스까지 무서워하게 되겠구나."

"잘 읽어두셨다가, 제가 돌아오거든 얘기해주세요."

"끝 숫자가 85로 되어 있는 복권을 한 장 사두면 어떻겠니? 내일이 바로 85일째가 되는 날이니까 말이야."

"그것도 괜찮겠군요."

소년이 말했다.

"하지만 할아버지, 할아버지의 위대한 기록인 87은 어떨까요?"

"그런 일은 두 번 있을 수 없단다. 85번 복권을 살 수 있겠니?"

"주문하면 되죠."

"한 장만 사도록 하자꾸나. 2달러 25센트야. 누구한테 가서 2달러 25센트를 꾸어 오지?"

"그건 쉬워요. 2달러 25센트 정도야 언제든지 꿀 수 있어요."

"아마 나도 꿀 수는 있을 거야. 하지만 나는 꾸기가 싫다. 네가 해 봐. 잘 안되거든 사정을 해."

"할아버지, 몸을 따뜻하게 하고 계세요. 9월이라는 걸 잊지 마세요."

"큰 고기가 물릴 계절인데 말이야. 5월은 누구나 어부 행세를 할 수 있는 달이지만."

"그럼 정어리를 잡으러 갑니다."

소년이 말했다.

소년이 돌아왔을 때 노인은 의자에 앉은 채 잠이 들어 있었다. 해는 이미 졌다. 소년은 낡은 군용 담요를 침대에서 가져다가 의자 뒤쪽에서 감싸듯이 노인의 어깨를 덮어주었다. 그 어깨는 비록 늙기는 했으나 아직도 힘이 넘치는 이상한 어깨였다. 목에도 힘이 있어 보였다. 노인은 잠이 들어 고개를 앞으로 숙이고 있었기 때문에 주름살도 그렇게 눈에 띄지는 않았다. 셔츠는 너무 여러 번 기워서 마치 돛과 같았다. 기운 조각들이 햇볕에 바래서 다양한 밝기로 물들어 있었다. 노인의 머리는 역시 늙었고, 눈을 감은 얼굴도 살아 있는 사람의 얼굴 같지 않았다. 무릎 위에는 신문이 펼쳐져 있었다. 신문은 저녁의 미풍을 받아 펄럭였으나, 팔에 눌려 있어서 날아가지 않았다. 발은 맨발이었다.

소년은 노인을 깨우지 않고 그냥 나갔다. 소년이 다시 돌아왔을 때도 노인은 여전히 자고 있었다.

"할아버지, 그만 주무세요."

소년이 손을 노인의 무릎에 갖다 얹었다.

노인은 눈을 떴다. 한순간 노인은 먼 꿈나라에서 돌아오는 듯한 표정을 짓고 있었다. 이윽고 노인은 빙그레 미소를 지었다.

"가지고 있는 게 뭐냐?"

"저녁 식사예요."

소년이 대답했다.

"이제 저녁을 잡수셔야죠."

"난 별로 배고프지 않은데."

"자, 어서 잡수세요. 먹지 않고서는 고기를 잡을 수 없잖아요."

"전에는 그러기도 했지, 뭐."

그러면서 노인은 신문을 접고 담요를 개기 시작했다.

"담요는 그냥 덮고 계세요."

소년이 말했다.

"제가 살아 있는 동안에는 할아버지께서 굶으면서 고기잡이를 하도록 하지는 않을 거예요."

노인은 고개를 끄덕이며 말했다.

"그럼, 오래오래 살고 몸조심하려무나. 그런데 뭘 먹을 게 있나?"

"검정 콩밥하구요, 바나나 프라이와 스튜 약간이에요."

소년은 음식을 이중으로 된 양은그릇에 담아서 테라스에서 가지고 왔다. 주머니 속에는 종이 냅킨으로 싼 칼과 포크, 그리고 숟가락 두 벌이 들어 있었다.

"이건 누가 준 거지?"

"마틴요, 주인 말이에요."

"고맙다는 인사를 해야겠구나."

"제가 벌써 인사를 드렸는데요. 그러니까 할아버지는 인사하실 필요 없어요."

"큰 고기를 잡으면 그 사람에게 고기 뱃살을 줘야겠어. 그 사람은 이번만이 아니고, 여러 번 우리에게 친절을 베풀었지?"

노인이 말했다.

"그럴 거예요."

"그렇다면 뱃살보다 훨씬 좋은 쪽을 줘야겠는데. 그 사람은 우리에게 너무나 친절한 사람이야."

"맥주도 두 병 주셨어요."

"나는 캔맥주를 제일 좋아하지."

"알고 있어요. 하지만 이것은 병맥주인걸요. 해티 맥주예요. 병은 돌려줄 거예요."

"정말 고맙구나. 그럼 먹자꾸나."

"아까부터 잡수시라고 했잖아요."

소년이 다정스럽게 노인에게 말했다.

"할아버지가 준비되실 때까지 그릇을 열고 싶지 않았다구요."

"이제 준비가 됐다."

노인이 말했다.

"나는 손이 씻고 싶었거든."

손은 어디서 씻었을까, 하고 소년은 생각했다. 이 마을의 급수지(給水池)는 여기서 거리를 둘이나 내려가야 있었다. 물을 가져와야 했는데, 비누와 좋은 수건도 가져와야겠는데, 왜 내가 이렇게 생각이 모자랄까? 이 노인을 위해서 셔츠도 하나 더 준비해야 하고, 겨울 채비로 외투랑 신발, 그리고 담요도 한 장 더 마련해야겠구나, 하고 소년은 생각했다.

"스튜가 정말 맛있구나."

노인이 말했다.

"야구 이야기를 해주세요."

소년이 노인에게 말했다.

"아메리칸 리그에서는 역시 내가 말한 대로 양키스야."

노인은 만족스러운 표정이었다.

"오늘 양키스는 졌는데요."

"그 정도는 아무것도 아니야. 위대한 디마지오가 다시 실력을 발휘해줄 거야."

"팀에는 다른 선수들도 있잖아요."

"당연한 말이지. 그러나 디마지오가 있으면 달라지거든. 다른 리그에서라면 브루클린과 필라델피아 두 팀 중에서, 나는 브루클린 편을 들지. 그러나 그렇게 되면, 역시 딕 시슬러 생각이 나거든. 그리고 옛 구장에서 큰 안타를 쳤던 생각도 난단 말이야."

"역시 그런 타격은 좀처럼 없었어요. 제가 본 것 중에서는 제일 큰 안타를 그가 쳤나 봐요."

"그가 늘 테라스에 나타나던 일이 생각나니? 난 그를 데리고 가서 함께 낚시를 하고 싶었지만, 워낙 소심해서 부탁도 하지 못했지. 그래서 너에게 부탁을 해서라도 그를 낚시에 데려가려고 했는데 너도 소심해서 부탁을 못 하지 않았냐."

"그랬죠. 제가 큰 실수를 했어요. 부탁을 했더라면, 우리와 함께 낚시하러 갔을지도 모르는데 말이에요. 그러면 우리에게는 평생을 두고 자랑거리가 생겼을 텐데."

"나는 저 위대한 디마지오를 고기잡이에 데리고 갔으면 하고 바라고 있단다."

노인이 말했다.

"소문에는 말이야, 그의 아버지가 어부라던데. 아마 그도 우리처럼 가난했나 봐. 그러니까 우리를 잘 이해해줄 거야."

"위대한 시슬러의 아버지는 가난하지 않았대요. 그리고 제 나이 때는 벌써 큰 리그에 나갔나 봐요."

"내가 네 나이 때는 아프리카를 항해하는 가로돛을 단 배를 탔지. 저녁 무렵이면 해안을 걸어 다니는 사자를 본 일도 있었지."

"알고 있어요. 언젠가 저에게 얘기해주셨지요."

"아프리카 이야기를 할까, 아니면 야구 이야기를 할까."

"야구 이야기로 하세요."

소년이 말했다.

"존 제이 맥그로 이야기를 해주세요."

소년은 조타(Jota)를 제이(J)로 줄여서 불렀다.

"그 사나이도 옛날에는 가끔 테라스에 나타났지. 그러나 그는 술을 마시면 거칠고 입이 험악해져서, 다루기가 무척 힘든 사람이 되었어. 야구뿐만 아니라, 경마에도 대단한 관심이 있었던 모양이야.

하여간 늘 그의 주머니 속에는 말의 명단이 들어 있었고, 뻔질나게 전화통에다 대고 말 이름을 불러대는 것 같더라."

"그는 위대한 감독이었나 봐요. 우리 아버지는 그가 제일 가는 감독이라고 하셨어요."

"그야, 그가 곧잘 이곳에 나타났으니까 그렇겠지."

노인이 말했다.

"그러나 만일 두로체가 매년 이곳에 계속 나타났더라면, 너의 아버지는 그가 가장 위대한 감독이라고 하셨을 게다."

"그럼 누가 가장 위대한 감독이에요? 루크예요, 마이크 곤살레스예요?"

"둘 다 비슷비슷하지."

"그리고 가장 훌륭한 어부는 할아버지구요."

"아니다. 나는 나보다 더 훌륭한 어부를 알고 있다."

"케 바*."

소년이 고개를 저었다.

"솜씨가 좋은 어부도 있고 훌륭한 어부도 더러 있기는 있어요. 하지만 할아버지가 세계 제일이에요."

"고맙구나. 네 말을 들으니 마음이 즐거워지는구나. 이제 바라는 건, 너무 커다란 고기가 나타나서 너의 생각이 잘못이었다고 증명하는 일은 없었으면 하는 거란다."

---

* Qué va, 스페인 말로 '어림없는 소리'라는 뜻

"말씀하신 대로 할아버지가 이전처럼 힘이 세다면 그런 고기는 있을 수 없어요."

"아니야, 나는 생각만큼 강하지 않을지도 모른단다. 하지만 나는 여러 가지 방법을 알고 있고 게다가 배짱도 있으니까 말이야."

"할아버지, 그만 주무시도록 하세요. 그래야 내일 아침엔 기운이 나시죠. 저는 가져온 그릇을 테라스에 돌려줄게요."

"그럼 잘 자거라. 내일 아침에 깨우러 갈게."

"할아버지는 저의 자명종 시계니까요."

소년이 말했다.

"그리고 나이가 나의 자명종 시계이기도 하지."

노인이 대꾸했다.

"늙은이는 왜 그렇게 일찍 잠에서 깨는지 모르겠구나. 좀 더 긴 하루를 보내고 싶어서일까?"

"저도 모르겠어요. 제가 아는 건 젊은 사람들은 늦도록 곤하게 잔다는 것뿐이에요."

"그건 나도 기억하고 있지. 염려 마라, 제 시간에 깨워줄 테니."

"저는 주인이 저를 깨우는 게 싫어요. 왠지 제가 그 사람보다 못한 사람처럼 느껴져서요."

"알았다."

"할아버지, 안녕히 주무세요."

소년은 밖으로 나갔다. 그들은 테이블 위에 등불을 켜지 않고 식사를 한 참이었다. 그래서 노인은 어둠 속에서 바지를 벗고 잠자리에 들었다. 노인은 바지 가운데에다 신문을 말아서 넣고 그것을 베개로 삼았다. 그리고 담요를 몸에 둘둘 감고 침대 스프링에 깔아놓은 신문지 위에서 잤다.

노인은 금세 잠이 들어 아프리카의 꿈을 꾸었다. 아직 소년 시절이었다. 황금빛으로 빛나는 긴 해안과 눈이 부시도록 하얀 해안, 그리고 드높은 갑(岬)과 거대하게 치솟은 갈색 산봉우리들이 꿈에 나타났다.

노인은 요즘 밤마다 꿈속에서 이 해안을 방황한다. 꿈속에서 기슭에 부딪치는 파도 소리를 들었다. 파도를 헤치며 다가오는 원주민의 배를 보았다. 갑판의 타르 냄새와 뱃밥 냄새를 맡았다. 그리고 아침이면 육지에서 불어오는 미풍 속에서 아프리카 대륙의 냄새를 맡았다.

보통 때 같으면 노인은 육지에서 불어오는 바람 냄새를 맡으며 눈을 뜨고 옷을 입고 소년을 깨우러 갔다. 그러나 오늘 밤엔 육지에서 불어오는 바람 냄새가 너무 빨리 왔다. 그는 꿈속에서 바람이 너무 일찍 오는구나 하고 의식하면서도 여전히 꿈을 꾸었다. 노인은 섬의 흰 봉우리들이 바다 위에 솟아 있는 광경을 바라다보았다. 다음에는 카나리아 군도의 여러 항구라든가 정박소들이 꿈속에 나타나기 시작했다.

이제 노인의 꿈속에는 폭풍우, 여자, 큰 사건이 나타나지 않았다. 큰 고기도, 싸움도, 힘겨룸도 그리고 죽은 아내도 나타나지 않았다. 다만 이곳저곳의 여러 고장과 해안에 나타나는 사자 꿈을 꿀 뿐이었다. 사자들은 황혼 속에서 고양이 새끼들처럼 놀았고, 노인은 마치 소년을 사랑하듯이 사자들을 사랑했다. 그는 결코 소년에 관한 꿈은 꾼 일이 없었다. 노인은 문득 눈을 떴다. 열린 창으로 달을 바라보고는 바지를 펴서 입었다. 오두막집 밖에서 노인은 소변을 보고 소년을 깨우려고 길을 걸어 올라갔다. 새벽 추위에 노인은 몸을 떨었다. 그러나 이렇게 몸을 떨고 있노라면 차츰 몸이 따뜻해지며, 또 곧 바다 위에서 노를 젓게 될 것이라는 사실을 노인은 알았다.

　소년이 사는 집은 대문이 잠겨 있지 않았다. 그래서 노인은 가만히 문을 열고 맨발로 조용히 들어갔다. 소년은 첫 번째 방 침대에서 잤다. 점점 기우는 어렴풋한 달빛 속에서 노인은 잠자는 소년의 모습을 똑똑히 볼 수 있었다. 노인은 소년의 한쪽 발을 살며시 잡고, 그가 눈을 뜨고 얼굴을 돌려 자기를 바라볼 때까지 꼭 쥐고 있었다. 노인이 고개를 끄덕였다. 소년은 침대 옆 의자에서 바지를 집어 들고 침대에서 일어나 앉아서 입었다.

　노인이 문 밖으로 나가자 소년도 노인의 뒤를 따랐다. 소년은 잠이 부족했다. 노인은 한 팔을 소년의 어깨 위에 감싸듯이 올려놓으면서 말했다.

　"미안하다."

　"천만에요. 어른이라면 그 정도의 일은 해야죠."

　그들은 노인이 사는 오두막집 쪽으로 내려갔다. 컴컴한 길을 따라 사람들이 맨발로 자기네 배의 돛대를 어깨에 메고 가는 것이 보였다. 노인의 오두막집에 당도하자 소년은 낚싯줄을 넣어둔 바구니와 갈고리대와 작살을 들었고, 노인은 돛을 감아놓은 돛대를 어깨에 멨다.

"커피를 드시겠어요?"

소년이 물었다.

"선구들을 배에 싣고 나서 마시기로 하지."

그들은 이른 아침에 어부들이 해장하는 곳으로 가서 캔에 든 연유를 넣어 만든 커피를 마셨다.

"할아버지, 어젯밤에는 편안히 주무셨어요?"

소년이 물었다. 소년은 아직 완전히 잠에서 깨지 않은 것 같았으나, 서서히 정신을 차렸다.

"잘 잤다, 마놀린."

노인이 말했다.

"오늘은 자신이 있다."

"저두요. 그럼 할아버지와 제 정어리하고 싱싱한 미끼를 가져와야겠어요. 우리 주인은 선구를 자기가 직접 날라요. 누구든 어떤 것도 옮기지 못하게 해요."

"우리는 다르지. 나는 네가 다섯 살 때부터 여러 가지 물건들을 나르도록 해왔으니까 말이야."

"저두 알고 있어요."

소년은 고개를 끄덕이며 말했다.

"곧 돌아올게요. 할아버지는 커피를 한 잔 더 들고 계세요. 여기선 외상이 통하니까요."

소년은 맨발로 산호 바위 위를 걸어서 미끼를 맡겨둔 얼음집으로 갔다.

노인은 천천히 커피를 마셨다. 이것이 그가 먹을 수 있는 하루 양식 전부였다. 그래서 노인은 그것을 마셔두어야 한다는 사실을 알고 있었다.

노인은 벌써 오래전부터 먹는 것을 귀찮아해서 점심을 가지고 나가지 않았다. 조각배의 뱃머리에는 물병이 있었다. 그것만 있으면 하루를 충분히 견뎠다.

소년이 정어리와 신문지에 싼 미끼 두 마리를 가지고 돌아왔다. 두 사람은 발밑에 자갈 섞인 모래의 감촉을 느끼면서 오솔길을 따라 조각배가 있는 곳으로 내려갔다. 그리고 조각배를 들어서 물에 띄웠다.

"할아버지, 행운을 빌겠어요."

"오냐, 고맙다."

노인이 대답했다. 노인은 노를 매어놓은 밧줄을 노받이 말뚝에다 동여매고 노를 물에 철썩 담그면서 몸을 홱 앞으로 구부리고 어둠 속 항구 밖으로 배를 저어 나갔다. 벌써 몇 척의 배들이 바깥 바다를 향해서 노를 저어가고 있었다. 달이 산 너머로 져버렸기 때문에 배들의 모습을 볼 수는 없으나 노를 저을 때마다 나는 물소리는 노인에게 똑똑히 들려왔다.

이따금 어떤 배 위에서는 말소리가 들려오곤 했다. 그러나 대개의 배는 침묵을 지켰다. 다만 노 젓는 소리만 들렸다. 이윽고 항구 밖으로 나간 배들은 모두 뿔뿔이 흩어져서 각각 고기가 잡힐 것이라 생각하는 방향으로 나아갔다. 노인은 오늘은 멀리 나갈 생각이었다. 노인은 육지의 냄새를 뒤로 하고 싱그러운 새벽의 냄새가 꽉 찬 태양 속으로 노를 저어 나갔다. 어부들이 큰 우물이라고 부르는 곳까지 저어 왔을 때, 노인은 문득 물속에서 인광(燐光)을 발하는 해초를 발견했다. 이곳이 큰 우물이라고 불리는 이유는 물 깊이가 별안간 200미터로 깊어지기 때문이었다. 조류가 바다 밑바닥의 가파른 경사면에 부딪쳐서 생기는 소용돌이 때문에 각종 물고기들이 모여들었다. 작은 새우와 미끼 고기가 떼를 지어 모여 있는가 하면 이따금 가장 깊은 곳에서는 오징어 떼도 발견되었다. 이들은 밤이 되면 수면 위로 떠올라서 오고가는 큰 물고기들의 밥이 되었다.

노인은 어둠 속에서도 아침이 다가오는 것을 느낄 수 있었다. 노를 저으며, 날치가 수면에서 날아오를 때 내는 부르르 떨리는 소리라든가 그 빳빳이 세운 날개가 밤하늘을 날며 내는 쉿쉿 소리를 들었다. 노인은 바다에서는 가장 절친한 친구들인 날치를 무척 좋아했다. 노인은 새들을 가엾게 여겼다. 특히 작고 약하게 생긴 제비갈매기처럼 항상 날아다니면서 먹이를 찾지만 거의 얻는 것이 없는 새를 보면 가엾다는 생각이 더 커졌다.

"새란 놈은 우리보다 더 어려운 생활을 하고 있군. 강도새라든가 힘센 새는 빼놓고 말이야. 한데 왜 제비갈매기처럼 연약하고 예쁜 새를 만들어냈을까. 이렇게 잔인한 바다 위에. 바다는 다정하고 아름답긴 하지. 하지만 바다는 잔인해질 수도 있는 데다가 갑자기 정말로 그렇게 되어버리곤 하지. 그런데도 저 새들은 가냘프고 구슬픈 소리로 울면서 날다가 수면에 주둥이를 처박고 먹이를 찾는단다. 저 새들은 바다에서 살기에는 너무나 연약하게 만들어진 게 아니냔 말이야."

바다를 생각할 적마다, 노인은 언제나 '라 마르(la mar)'라는 말을 떠올렸다. '라 마르'란 사람들이 애정을 가지고 바다를 부를 때 쓰는 스페인 말이었다. 바다를 사랑하는 사람들도 때로는 바다를 저주하곤 했다. 그런 경우에도 바다는 여성이라는 느낌이 그들의 말투에서 사라지지는 않았다. 젊은 어부들 가운데는 낚싯줄에다 찌처럼 부표를 사용하는 이들도 있었고, 상어의 간으로 돈을 벌어 모터보트를 사들인 패거리 중에는 바다를 남성으로 간주하여 '엘 마르(el mar)'라고 부르는 축도 있었다. 그들에게 바다란 투쟁의 상대였으며, 작업장이기도 하고, 심지어 적이 되기도 했다. 그러나 노인은 항상 바다를 여성으로 생각했다. 바다는 큰 은혜를 주기도 하며, 모든 걸 간직하고 있기도 한 그 무엇이었다. 비록 바다가 사나워지고 재앙이 닥쳐오는 경우가 있다고 하더라도 그것은 바다로서도 어쩔 수 없는 일이라고 여겼다. 달이 여인에게 영향을 미치는 것처럼 바다에도 영향을 미치는 것이려니 생각했다.

노인은 쉬지 않고 노를 저었다. 자기의 힘이 미치는 범위 안에서 노를 저어가는 동안은 별로 큰 힘이 들지 않았다. 이따금 조류가 소용돌이치고 있는 곳을 제외하고는 바다는 지극히 잔잔했다. 노인은 자기 힘의 3분의 1을 조류에 떠맡기고 있었다. 차츰 날이 밝아오자,

노인은 이 시간이면 나와 있으리라 예상한 것보다 훨씬 더 멀리까지 나와 있음을 알게 되었다.

일주일 동안이나 이곳 깊은 우물을 헤매었지만 허사였지, 오늘은 가다랑어나 다랑어 떼가 몰리는 곳에 그물을 내려봐야겠다, 어쩌면 그 옆에 큰 놈이 있을지도 모르니까, 하고 노인은 생각했다.

날이 훤하게 밝기도 전에 노인은 벌써 미끼를 드리우고 조류가 흐르는 대로 배가 떠가도록 내버려두었다. 첫 번째 미끼는 마흔 길 깊이에 내렸다. 두 번째 것은 일흔다섯 길 되는 곳에, 그리고 세 번째와 네 번째 것은 각각 백 길과 백스물다섯 길이나 되는 푸른 물속으로 내렸다.

미끼 고기는 모두 머리를 아래쪽으로 한 채 매달려 있었는데, 낚싯바늘의 중심에 꿰매듯 단단히 붙여놓았다. 바늘의 꼬부라진 부분과 끝부분은 싱싱한 정어리로 싸두었다. 바늘로 두 눈을 꿰뚫은 정어리는 마치 강철 막대기로 받쳐놓은 반원형 화환과 비슷했다. 큰 고기가 접근해와서 본다면 먹음직한 냄새와 맛을 풍기지 않는 부분은 한 군데도 없는 셈이었다.

소년에게서 싱싱한 다랑어 새끼 두 마리를 받았는데, 그것은 가장 깊이 드리운 두 개의 낚싯줄에 추처럼 매달아놓았고, 또 다른 줄에는 전에 쓰던 큰 푸른빛 전갱이와 노란빛이 나는 연어를 매달았다. 전에 한 번 썼던 것이지만 아직 성했기 때문에 냄새를 풍겨서 고기를 유혹하려고 싱싱한 고등어와 함께 물속에 매달았다. 줄은 각각 굵기가 큰 연필 정도 되었고, 초록빛 칠을 한 막대기에 묶어놓았기 때문에 고기가 미끼를 물기만 하면 막대기는 물속으로 들어가게 되어 있었다.

어느 그물에나 각각 마흔 길짜리 밧줄이 달렸고, 그것은 또 다른 여분의 밧줄과 연결할 수 있도록 되어 있어서, 필요하다면 고기는 낚싯줄을 삼백 길이 넘게 끌고 다닐 수도 있었다.

이제 노인은 뱃전 너머로 나온 세 개의 막대기가 기울기만을 바라며 지켜보았다. 그리고 낚싯줄이 적당한 수심에서 위아래로 팽팽하게 드리워지도록 조용히 노를 저었다. 날이 아주 밝아지고, 금세 태양이 떠오를 것만 같았다.

바다 위에 햇살이 비치기 시작하자, 노인은 다른 배들을 볼 수 있었다. 배들은 수면을 기어가듯 바짝 붙어 떠서, 해안을 배경으로 하여 조류 너머에 한가로이 흩어져 있었다. 태양은 서서히 빛을 더해 갔다. 바다 위에 그 섬광을 쏟아놓는가 했더니 바로 다음 순간에는 완전히 떠올라서, 평평한 바다가 빛을 반사해 눈이 아플 정도로 부셨기 때문에 노인은 얼굴을 돌린 채 노를 저었다. 노인은 물속을 들여다봤다. 어두운 물속에 드리운 낚싯줄을 유심히 지켜보았다. 노인은 누구보다도 낚싯줄을 똑바로 드리울 수 있었다. 그렇게 해야 어두운 해류 속에서라도 정확하게 자기가 원하는 수심에다 미끼를 놓고, 그곳을 지나가는 고기를 잡을 수 있다. 대개의 어부들은 미끼를 조류의 흐름에다 떠맡겨버린 채 띄워놓아 백 길은 되리라 생각했지만 사실은 예순 길 정도밖에 되지 않는 곳에서 미끼가 떠돌고 있기 일쑤였다.

그러나 노인은 생각했다. 나는 틀림없지, 하고. 다만 운이 내게는 없다는 것뿐이지. 하지만 운이란 누가 알 수 있단 말인가. 운이 오늘 닥쳐올지도 모르며, 아무튼 하루하루가 새날 아닌가 말이야. 재수가 있다는 것이 무엇보다 좋기는 하지만, 그러나 나로서는 정확하게 하는 거다. 그래서 운이 돌아와주면, 나는 준비를 다 하고 기다리고 있는 셈이니까 말이야.

해가 떠오른 지 두 시간이 지났다. 이제는 동쪽을 바라다보아도 별로 눈이 아프지 않았다. 노인의 눈엔 배가 세 척밖에 보이지 않았다. 그것도 모두 낮게, 먼 해안선 쪽에 있었다.

평생 아침 햇빛이 내 눈을 상하게 했지, 하고 노인은 마음속으로 생각했다. 하지만 내 눈은 아직 끄떡없다. 저녁때 해를 똑바로 바라보아도 아무렇지도 않으니까. 햇살도 지금의 햇살보다 더 강한 빛을 발하는데 말이야. 그러나 아침 햇살은 눈이 아프다.

바로 그때 노인은 검고 긴 날개를 펴고 앞쪽 바다의 상공을 맴도는 군함새 한 마리를 발견했다. 그 새는 노인의 눈앞에서 날갯짓을 치켜들고 급강하해서 수면에 닿을 듯 아슬아슬한 곳까지 내려왔다가 다시 몸을 획 돌려 하늘로 솟구쳐 올라갔다.

"저놈이 뭘 본 게로구나."

노인은 큰 소리로 지껄였다.

"저놈이 그냥 먹이를 찾는 것만은 아니야."

노인은 새가 맴돌고 있는 곳으로 천천히 노를 저어 나갔다. 조금도 서두르지 않고, 낚싯줄이 상하로 곧추 드리워져 있도록 하면서 저어갔다. 다만 틀림없이 고기를 낚아 올리고 싶었기 때문에, 얼마만큼 조류를 거슬러 가면서 빠르게 노를 저었다. 그리 서두를 것까지는 없었으나 새를 이용하여 낚아 올리고 싶었다.

새는 다시 상공을 향해서 솟아올랐다가 날개를 움직이지 않고 공중을 맴돌았다. 그러다가 갑자기 수면으로 급강하해 내려왔다. 노인은 날치가 물속에서 튀어 올라와 수면 위를 필사적으로 날아가는 모습을 보았다.

"돌고래로군."

노인은 큰 소리로 말했다.

"큰 놈인데."

노인은 노를 노받이에 걸어놓고, 뱃머리 밑창에서 작은 낚싯줄을 꺼냈다. 그 줄에는 철사로 된 낚시걸이와 중간 크기의 낚시가 달려 있었다. 노인은 거기다 정어리 한 마리를 미끼로 달았다. 그리고 재빨리 낚싯줄을 뱃전 너머로 던지고는 고물 쪽 고리에다 단단히 동여맸다. 그러고 나서 또 한 개의 낚싯줄에다 미끼를 달아 이물 쪽 구석에 놔두었다.

노인은 다시 노를 젓기 시작했다. 날개가 긴 검은 새가 수면 나직이 먹이를 열심히 찾아 나는 모습을 지켜보았다.

노인은 새가 다시 급강하하려고 날개를 홱 기울이고, 날치의 뒤를 쫓으면서 초조한 듯이 사납게 날개를 퍼덕거리는 것을 유심히 지켜보았다. 노인의 눈은 그 순간, 해면에 아슬아슬하게 부풀어 오르는 물체를 놓치지 않았다. 커다란 돌고래 무리가 도망치는 날치 떼를 쫓아 물 위로 올라왔다.

돌고래는 날치 떼의 아래쪽에서 전속력으로 물을 가르면서 돌진했다. 날치가 해면에 떨어지는 날에는 끝장인 것이다. 돌고래가 물속에서 기다리고 있기 때문이다. 굉장한 돌고래 떼로군, 하고 노인은 생각했다. 돌고래 떼는 아주 넓게 흩어져 있었기 때문에 날치가 도망갈 길이 없었다. 새도 먹이를 차지할 가망은 없다. 그 새에게 날치는 너무 큰 먹이였고, 게다가 너무 빨랐다.

노인은 날치가 몇 번이나 수면에서 튀어 오르는 것을 보았다. 그때마다 되풀이되는 새의 헛된 동작을 지켜보면서, 저 돌고래 떼는 내게서 멀리 도망쳐 나갔군, 하고 노인은 생각했다. 게다가 그놈들은 너무 빨리 그리고 너무 멀리 달아나고 있었다. 그러나 무리에서 처져 있는 놈 한 마리 정도는 낚을 수도 있겠지. 게다가 내가 노리는 큰 고기는 돌고래 떼 근처에 있을지도 모르니까. 틀림없이 그놈들 근처 어딘가에 있을 것이다.

육지 쪽에서 구름이 뭉게뭉게 피어올랐다. 해안은 한 줄기 푸른 선으로 나타났고, 그 뒤로 푸른 기운이 엷게 도는 산들이 늘어서 있었다. 이곳 물은 검푸른 빛이었다. 너무 검푸르러서 거의 보랏빛을 띠었다. 노인은 물속을 들여다보았다. 어두운 물속에는 흩뿌려놓은 듯한 붉은 플랑크톤이 떠 있고, 태양 광선이 짜는 이상한 무늬가 어렴풋이 보였다. 노인은 낚싯줄을 보이지 않는 물속으로 드리우고 그것이 똑바로 드리워졌나 눈여겨보았다. 곧 그는 만족스러움을 느꼈다.

왜냐하면 플랑크톤이 많은 곳에는 반드시 고기가 많이 몰리기 때문이었다. 태양이 이렇게 높이 떠올랐는데도 물속에서 이상한 광선의 무늬를 볼 수 있는 것은 날씨가 좋은 덕이었으며, 육지의 구름 형태를 봐도 그것을 알 수 있었다. 그러나 새의 모습은 보이지 않았고 바다 위 멀리 보이는 것이라곤 아무것도 없었다. 겨우 보이는 것은 햇살을 받아 노랗게 바랜 채 조각배 바로 곁에 떠 있는 해초와 제법 형태를 갖추고 보랏빛으로 번쩍거리는 고깔해파리의 아교질 둥근 주머니들뿐이었다. 그 주머니들은 모두 누웠다가 다시 곧추섰다가 했다. 물속에서 1미터가량이나 촉수를 길게 늘어뜨린, 거무스름한 보랏빛을 띤 고깔해파리들은 마치 물거품처럼 한가로이 둥실둥실 떠돌아다녔다.

"아구아 말라*."

노인이 중얼거렸다.

"이런 젠장맞을."

가볍게 노를 저으면서 물속을 들여다보았다. 똑같은 빛깔의 작은 물고기들이 꼬리처럼 길게 늘어진 가느다란 촉수 사이로 헤엄쳐 다니거나 둥근 주머니 아래 생긴 그늘로 떼 지어 돌아다니는 것이 보이기도 했다. 이 고기들은 해파리의 독에 면역이 되어 있는 것 같았다. 그러나 사람은 그렇지 못했다. 그 끈적끈적하고 가느다란 보랏빛 촉수가 낚싯줄에 엉겨 붙어서 그것을 만지면 손이나 팔에 물집

---

*　Agua mala, 스페인 말로 독즙(毒汁)

같은 상처가 생긴다. 마치 옻나무에서 오른 독과 비슷한 작용을 했다. 아니 오히려 이쪽 독이 더 빨리 번져 나갔다. 게다가 채찍 자국과도 같은 흠집을 만들었다.

무지갯빛 주머니는 아름다웠다. 그러나 이 주머니는 바다에서도 가장 허황하기 짝이 없었다. 노인은 커다란 바다거북이 이들을 꿀꺽꿀꺽 삼켜버리는 모습을 바라보는 게 무엇보다 즐거웠다. 바다거북들은 무지갯빛 거품을 보면 정면으로 다가와서 눈을 딱 감고 몸을 완전히 등껍질 속에 숨긴 채 촉수까지 모조리 먹어 치웠다. 노인은 바다거북이 해파리들을 먹어 치우는 광경을 구경하는 것을 좋아했다. 뿐만 아니라 노인은 폭풍이 지나가고 나서, 해안으로 밀려 올라온 해파리들을 뿔같이 딱딱하게 굳어버린 발뒤꿈치로 밟아 퍽퍽 터뜨릴 때 나는 소리를 들으며 걷는 것을 좋아했다.

노인은 푸른바다거북이나 대모거북을 좋아했다. 우아하고 빠르고 값이 나가기 때문이었다. 그러나 터무니없이 크기만 하고 우둔한 왕바다거북에 대해서는 친숙함과 함께 경멸감도 느꼈다. 이놈은 누런 껍데기를 뒤집어쓰고 있으며, 암컷과 사랑을 할 때도 볼품없는 동작을 하기 때문이었다. 그리고 이놈은 눈을 딱 감은 채 아주 만족스러운 듯 고깔해파리를 꿀꺽꿀꺽 잡아 삼켜버리곤 했다.

노인은 지금까지 여러 번 바다거북을 잡는 배에 탄 적이 있었지만, 바다거북에 대해서는 아무런 신비스러운 느낌을 가져보지 못했다. 오히려 그들이 가엾다고 생각했다. 지금 타고 있는 조각배만 하고 무게도 1톤가량이나 되는 거대한 거북도 있었으나, 그런 놈에 대해서도 동정을 느꼈을 뿐이었다. 왜냐하면 바다거북의 심장은 완전히 떼어낸 후에도 몇 시간이나 살아 있을 때처럼 고동을 쳤기 때문이었다. 그러나 노인은 내 심장도 이것과 비슷한 것이려니 했고 또한 손발도 바다거북의 것과 조금도 다를 게 없으려니 여겼다. 노인은 기운을 차리려고 바다거북의 흰 알을 먹곤 했다. 9월과 10월의 큰 고기 수확을 위해서 5월 한 달 동안 날마다 바다거북의 알을 먹었다.

그리고 또 노인은 어부들이 선구를 맡겨두는 판잣집의 커다란 드럼통에서 매일 상어의 간유(肝油)를 한 잔씩 마셨다. 원하는 사람은 누구나 먹을 수 있도록 그곳에 놔두었다. 대부분의 어부들은 그 맛을 싫어해서 먹지 않았다. 싫은 정도로 치자면 어부들이 매일 아침 일찍 일어나야 하는 고통보다는 덜할 것이다. 상어의 간유는 감기에 효력이 있고 눈에도 좋았다.

노인은 다시 눈을 들어서 새가 맴도는 것을 바라보았다.

"저놈이 고기를 찾았구나."

그는 큰 소리로 말했다.

해면을 박차고 날아오르는 날치도 보이지 않았고, 미끼 고기도 보이지 않았다. 그러나 노인이 지켜보는 동안 작은 다랑어가 수면 위로 뛰어올랐다가 머리를 거꾸로 처박으며 물속으로 떨어졌다. 다랑어의 비늘이 햇빛을 받아 은색으로 빛났다. 한 마리가 물속으로 사라지자 다른 놈들도 잇달아 뛰어올랐다가는 물속으로 곤두박질을 쳐 떨어지면서 사방의 물을 휘저으며 미끼 고기를 따라 길게 뛰었다. 미끼 고기 주변을 맴돌면서 뒤쫓았다.

저놈들이 저렇게 빨리 달리지만 않는다면 따라갈 수 있을 텐데, 하고 노인은 생각했다. 노인은 주변에서 하얗게 물거품을 일으키는 다랑어의 큰 떼와 겁이 나서 어쩔 수 없이 수면 위로 떠오르는 미끼 고기를 향해서 새가 주둥이를 물속에 첨벙 담그는 광경을 지켜보았다.

"새는 큰 도움이 된단 말이야."

노인이 말했다.

마침 그때 한 바퀴 감아서 발로 누르고 있었던 고물의 낚싯줄이 팽팽하게 당겨졌다. 노인은 노를 놓고 줄을 단단히 잡아 끌어당기면서 온몸을 부르르 떨며 줄에 매어달려 있는 작은 다랑어의 무게를 느꼈다. 줄을 잡아당기는 데 따라 진동은 더욱 커졌다. 물속으로 고기의 푸른 잔등과 금빛으로 빛나는 배가 보였다. 힘껏 잡아당기자 고기는 뱃전을 넘어 배 안으로 뛰어 들어왔다. 이제 다랑어는 햇볕을 받으면서 고물 쪽 밑바닥에 누워 있다. 총알처럼 생긴 단단한 물고기, 그 어리석은 눈은 활짝 열려 무엇을 바라보고 있는지 초점이 없다. 잘생긴 꼬리를 민첩하게 움직여 파닥거리면서 배의 널빤지를 마구 내리쳐 스스로 명을 재촉하고 있었다. 노인은 선의로 그놈의 대가리를 두들겨 아직 떨고 있는 놈을 뱃고물 구석으로 던졌다.

"다랑어야."

노인이 큰 소리로 말했다.

"네놈은 훌륭한 미끼가 되겠구나. 족히 10파운드는 되겠다."

노인은 자신이 도대체 언제부터 이렇게 큰 소리로 혼잣말을 하기 시작했는지 알 수가 없었다. 옛날에는 혼자 있을 때 노래를 자주 불렀다. 스멕크선*이나 거북잡이 배를 탔을 때, 밤에 당번이 돌아와서 혼자 키를 잡으면 간혹 노래를 부르곤 했다. 그러나 큰 소리로 혼잣말을 하기 시작한 것은 그 소년이 배를 떠난 후인 것도 같았다. 그러나 확실히 기억나지 않았다. 노인과 소년이 함께 고기잡이를 할 때는 대개 필요할 때만 서로 말을 했다. 그들이 서로 이야기를 주고받는 것은 밤이었으며, 혹은 날씨가 나빠서 고기잡이를 나갈 수 없을 때였다. 바다 위에서는 쓸데없는 말을 지껄이지 않는 것이 미덕이었고, 노인도 그렇게 생각했기 때문에 그대로 지켰다. 그러나 지금은 귀찮게 생각할 사람이 없기 때문에 자기 생각을 큰 소리로 몇 번이나 지껄여댔다.

"만일 다른 사람이 내가 큰 소리로 혼자 지껄이는 것을 들으면 나를 미쳤다고 생각하겠지."

그는 소리를 내어 말했다.

"그러나 나는 미치지 않았으니까 괜찮아. 돈 있는 사람들은 배 안에 라디오를 가지고 들어와서 시끄럽게 틀어대잖아. 야구 중계도 듣고 말이야."

아니야, 지금은 야구 생각을 할 때가 아니야, 하고 노인은 고개를

---

* 활어조(活魚槽) 설비가 되어 있는 어선

저었다. 지금은 꼭 한 가지 일만을 생각할 때야. 그걸 위해서 내가 한평생을 살아오지 않았는가 말이야. 저 다랑어 떼 주변에 큰 고기가 있을지도 모른다. 나는 다만 먹이를 먹다가 뒤떨어진 다랑어 떼의 낙오자 한 놈만을 낚아 올렸을 따름이다. 저놈들 대부분은 멀리서, 그리고 빠르게 가고 있는 게야. 오늘은 수면에 나타나는 것들이 모두 북동쪽을 향해서 무섭도록 빨리 달리고 있거든. 이건 혹시 일진 탓일까? 아니면 내가 모르는 무슨 날씨의 탓으로 그런 것일까?

노인의 눈에 더는 해안선의 푸른빛이 보이지 않았다. 다만 푸른 산봉우리들은 마치 눈이라도 내린 것처럼 하얗게 이어졌으며, 그 위로 치솟아 오른 높은 설산의 봉우리처럼 흰 구름이 뭉게뭉게 피어올라 있었다. 바다는 아주 어두운 빛이었다. 햇빛이 물속에서 프리즘 효과를 나타내고 있었다. 무수한 플랑크톤 무리도 하늘에서 내리쪼이는 햇살 때문에 완전히 사라져버리고 노인의 눈에 보이는 것은 푸른 물속에 비치는 깊고 깊은 거대한 프리즘과 1.5킬로미터가량이나 되는 물속으로 똑바로 드리운 낚싯줄뿐이었다.

다랑어 떼는 물러갔다. 어부들은 이러한 종류의 물고기들을 모두 다랑어라 불렀다. 다만 사고 팔거나 미끼 고기와 교환할 때만 각각 구별해서 그 이름을 불렀다.

햇볕이 뜨겁게 내리쬐었다. 노인은 목덜미에 뜨거운 태양 빛을 느꼈다. 노를 젓는 노인의 등골을 타고 땀이 흘러내렸다. 이제 노는 그만 저어도 되겠군, 하고 노인은 생각했다. 그리고 한잠 자야겠다. 낚싯줄을 발가락 끝에 걸어놓고 잠들면 곧 깰 수 있을 게다. 그리고 오늘은 85일째니까 무슨 일이 있어도 큰 놈을 낚아 올려야 한다.

바로 그때, 낚싯줄을 지켜보던 노인은 물 위에 나와 있던 초록색 막대기가 갑자기 물속으로 푹 들어가는 것을 보았다.

"옳지."

노인은 중얼거렸다.

"알았어."

배에 세게 부딪치지 않도록 노인은 노를 노받이에 가만히 올려놓았다. 그리고 팔을 뻗어 오른손 엄지손가락과 둘째손가락으로 낚싯줄을 가만히 잡았다. 잡아당기는 맛도 무게도 느껴지지 않았다. 다만 가볍게 누르고 있는 셈이다. 이윽고 또다시 그 느낌이 왔다. 이번에는 시험 삼아 건드려보는 정도였다. 강도도 무게도 느껴지지 않는다. 노인은 이것이 무엇인가를 정확하게 알 수 있었다. 백 길이나 되는 바다 밑에서는 지금 청새치 한 마리가 작은 다랑어의 입에 꿴 갈고리에 주렁주렁 매달린 정어리 무더기를 먹고 있다.

노인은 가볍게 낚싯줄을 들고 막대기에서 왼손으로 살며시 옮겨놓았다. 이제는 고기가 아무런 저항도 느끼지 않게 낚싯줄을 손가락 사이에서 얼마든지 풀어줄 수 있게 되었다. 이렇게 멀리 바깥 바다에까지 나왔으니까, 지금 계절을 생각하면 보통 큰 놈이 아닐 게다, 하고 노인은 생각했다. 자, 잡수시라구, 고기님. 마음껏 잡수시라구. 제발 마음껏 잡수시라구, 미끼나 너나 모두 얼마나 싱싱하겠느냐. 그런데 넌 백 길이나 되는 깊고 차갑고 어두운 물속에서 망설이고 있다니. 그 어둠 속을 다시 한 바퀴 돌고 와서 잡수시라구.

노인은 가볍게 줄이 당겨가는 것을 느꼈다. 그리고 또다시 좀 전보다 더 강하게 당겨지는 힘을 느꼈다. 아마도 정어리의 대가리를 갈고리에서 벗겨내기가 힘이 든 모양이었다. 그러고는 다시 조용해졌다.

노인이 큰 소리로 말했다.

"자, 한 바퀴 더 돌라구. 냄새를 맡아보시지. 어때, 구수한 냄새가 좋지. 이번에는 단단히 잘 잡수셔야 해요. 보라구, 다랑어도 있잖니? 얼마나 단단하고 차고 맛있게 생겼느냔 말이야. 체면 차릴 것 없다니까요, 고기님. 자, 어서 잡수시라구요."

노인은 엄지손가락과 둘째손가락 사이에 낚싯줄을 쥔 채 가만히 기다렸다. 그리고 노인은 동시에 다른 낚싯줄도 주의해서 지켜보았다. 왜냐하면 다른 낚싯줄로 고기가 다가갈지도 모르기 때문이었다. 곧 좀 전과 같이 조심스레 잡아당겨지는 느낌이 왔다.

"이번에야 먹을 테지."

노인은 큰 소리로 지껄였다.

"제발 잡수시게나."

그러나 고기는 아직 물지 않았다. 도망가버렸는지, 아무런 반응을 느낄 수 없었다.

"도망갈 리가 없는데."

노인은 중얼거렸다.

"절대로 도망갈 리 없어. 그냥 한 바퀴 돌고 있겠지. 혹시 저놈이 전에 한번 낚시에 걸린 일이 있어서 그걸 기억하는지도 모르지."

노인과 바다

그때 낚싯줄에 가벼운 반응이 왔다. 노인은 즐거웠다.

"한 바퀴 돌았을 뿐이겠지."

노인은 다시 말했다.

"틀림없이 덤벼들어 먹을 거야."

가볍게 당겨가는 힘을 느끼고 노인은 기분이 좋았다. 다음 순간, 노인은 거세고 믿어지지 않을 만큼 육중한 무게를 느꼈다. 틀림없이 그것은 고기의 무게였다. 노인은 낚싯줄을 점점 더 풀었다. 감아 놓은 여분의 낚싯줄도 밑으로 밑으로 계속 풀려나갔다. 낚싯줄은 노인의 손가락 사이로 풀려 내려갔고, 엄지손가락과 둘째손가락에는 아무런 저항도 없었으나, 좀 전의 중량감을 노인은 분명히 느낄 수 있었다.

"이놈이!"

노인은 중얼거렸다.

"이놈이 이젠 미끼를 비스듬히 입에다 물고 도망갈 셈이로군."

이놈이 한 바퀴 돌고는 삼켜버릴 테지, 하고 노인은 생각했다. 그러나 노인은 그런 예감을 입 밖에 내서 말하지 않았다. 왜냐하면 뭔가 좋은 일은 말하면 대개 일어나지 않고 만다는 사실을 알기 때문이다. 노인은 이놈이 보통 큰 고기가 아니라는 것을 짐작했다. 다랑어를 입에 물고 어두운 바닷속으로 도망치려는 그놈의 모습이 눈에 보이는 듯했다. 그 순간이었다. 고기가 별안간 딱 멈추는 것이 느껴졌다. 중량감은 여전히 손에 남아 있었다. 이내 무게는 더욱 무겁게 압박해왔다. 노인은 즉시 줄을 더 풀어주었다.

"이놈이 드디어 삼켜버렸군. 잘 삼키도록 해줘야지."

노인은 손가락 사이로 줄이 풀려 내려가는 모습을 지켜보았다. 이윽고 왼손을 뻗어서 여분의 낚싯줄 두 개를 또 다른 두 개의 예비 낚싯줄에다가 단단히 동여맸다. 이제 준비는 완전히 끝났다. 지금 풀고 있는 낚싯줄 외에도 마흔 길짜리 여분의 낚싯줄이 세 개나 더 있었다.

"좀 너 삼키시지. 아주 꿀꺽 삼켜버리라구."

낚싯바늘 끝이 너의 심장에 깊숙이 박혀 너의 목숨을 앗아가도록 꿀꺽 삼키시지그래, 하고 노인은 생각했다. 자, 순순히 떠올라오렴. 내가 작살로 푹 찌를 수 있도록 말이야. 옳지, 준비가 다 됐겠지? 이젠 실컷 잡수셨겠지?

"어영차!"

노인은 큰 소리로 외치고 두 손으로 힘껏 줄을 잡아당겼다. 1미터가량 줄을 잡아당기고는 온몸의 무게를 실어 양팔을 번갈아 내밀면서 힘껏 당기고 또 당겨보았다.

그러나 아무 소용이 없었다. 고기는 그냥 천천히 달아날 뿐이었다. 노인은 한 치도 고기를 끌어올릴 수 없었다. 노인의 줄은 튼튼했다. 원래 큰 고기를 잡기 위해 장만한 것이었다. 노인은 줄을 등에다 감고 왈칵 잡아당겨보았다. 그러자 줄에서 물방울이 튀었다. 이윽고 줄은 물속에서 철썩철썩 하는 한가로운 소리를 내기 시작했다. 노인은 노 젓는 자리에 버티고 앉아서 여전히 줄을 잡고 있었다. 그리고 끌리는 힘이 느껴질 때마다 힘껏 몸을 뒤로 젖히면서 줄을 잡아당겼다. 어느 틈엔지 배는 북서쪽으로 천천히 흘러가고 있었다.

고기는 조금도 당황하지 않고 한결같은 속도로 천천히 바닷속을 헤엄쳐 갔다. 노인과 고기는 잔잔한 바다를 한가로이 헤쳐갔다. 다른 미끼들은 아직 물속에 있었으나 별 반응이 없었다.

"소년이 있으면 좋을 것을."

노인은 큰 소리로 말했다.

"나는 지금 고기한테 끌려가는 거로군. 그리고 내가 밧줄걸이가 된 셈인데. 줄을 배에다 단단히 감아둘 수도 있겠지만, 그렇게 하면 고기란 놈이 줄을 끊고 도망갈지도 모르지. 어떻게 해서든지 이놈을 놓치지 말아야지. 그리고 고기가 끌고 있을 때는 줄을 풀어줘야지. 이놈이 옆으로만 가고 물속으로 들어가지 않는 것만도 천만다행인데."

하지만 만일 이놈이 물속으로 들어갈 생각을 하면 어떻게 한담. 또 이놈이 물속으로 들어가서 죽거나 하면 어떻게 하지. 그렇게 되면 야단인데. 하지만 그때 가면 무슨 방도가 서겠지. 나에게도 방법은 여러 가지가 있으니까.

노인은 등에 걸친 줄이 물속에 비스듬히 꽂힌 것을 물끄러미 바라보았다. 배는 여전히 북서쪽으로 끌려가고 있었다.

이제 이놈이 죽을 때가 됐을 텐데, 하고 노인은 생각했다. 이놈이 언제까지나 이렇게 버티고만 있을 수는 없을 텐데.

그러나 네 시간이 지나도 고기는 여전히 천연덕스럽게 배를 끌고 바깥 바다로 헤엄쳐 나갔다. 노인도 여전히 줄을 등에다 감은 채 버티고 있었다.

"저놈이 낚시에 걸린 것이 정오 무렵이었지."
노인은 중얼거렸다.
"그런데 아직 나는 저놈의 정체가 뭔지 모르지 않는가 말이야."
고기가 낚시에 걸리기 전에 밀짚모자를 깊숙이 내려쓴 채 그대로 있었던 탓으로 노인은 이마가 쓰리고 아팠다. 그리고 목이 몹시 말랐다. 노인은 무릎을 꿇고, 줄이 갑자기 당겨지지 않도록 조심하면서 될 수 있는 대로 뱃머리 쪽으로 가까이 기어가서 한 손을 뻗어 물병을 집었다. 마개를 따서 한 모금 마셨다. 그리고 뱃머리에 몸을 기대고 쉬었다. 노인은 배 밑바닥에 놓여 있던 돛대 위에 앉아서 이대로 버텨 나가야지, 하고 생각했다.

문득 뒤를 돌아보았다. 육지는 보이지 않았다. 육지가 보이지 않아서 어떻단 말인가, 노인은 마음속으로 생각했다. 나는 언제든지 아바나 쪽 하늘의 환하고 밝은 빛에 의지해서 돌아갈 수 있지. 오늘은 해가 지려면 아직 두 시간이나 남아 있다. 틀림없이 그 전에 고기 놈도 떠올라 오겠지. 만일 그때까지 떠오르지 않으면 달이 떠오를 때까지는 올라와주겠지. 그리고 달이 떠오를 때까지도 놈이 안 올라온다면 내일 해가 뜰 때는 올라와주겠지, 하고 노인은 생각했다. 지금 내 몸엔 쥐도 나지 않고 아무 이상도 없다. 걸려든 것은 저놈이니까. 하지만 저렇게 끈질긴 놈은 처음 보았는데, 낚싯바늘을 통째로 꿀꺽 삼켜버린 것이 틀림없어. 한번 얼굴이라도 봤으면 좋겠는데. 내가 어떻게 생긴 놈하고 맞붙었는가를 알기 위해서라도 저놈의 모습은 꼭 한번 봤으면 좋겠는데.

노인이 별의 위치를 보고 판단한 바로는 고기는 그날 밤새도록 진로를 전혀 바꾸지 않았다. 해가 진 후부터는 날씨가 추워졌다. 노인의 등과 팔과 늙은 다리에 흘렀던 땀도 싸늘하게 말랐다. 노인은 낮 동안에 미끼가 든 통을 덮었던 부대를 햇볕에 널어서 말려두었다. 해가 지자 그것을 집어서 목에 감고 등으로 흘러내리게 덮었다. 그러고 나서 다시 애를 쓰며 겨우 어깨에 걸려 있는 낚싯줄 밑으로 접어 넣었다. 부대가 줄 밑에서 어깨 받침 역할을 해주었다. 이윽고 노인은 뱃머리에 몸을 기대어 앉아보았다. 제법 편안한 자세를 취할 수 있었다. 사실은 겨우 견딜 만한 자세에 지나지 않았으나, 노인은 무척 편안한 자세가 되었다고 생각했다.

나도 놈을 어쩔 도리가 없지만 제 놈도 나를 어쩔 도리가 없겠지, 하고 노인은 생각했다. 이놈이 지금의 상태로 계속 버텨 나가는 한에는 별다른 도리가 없다, 하고 노인은 또 생각했다.

한번은 일어나서 뱃전 너머로 오줌을 누었다. 그리고 별을 쳐다보고 진로를 확인했다. 그의 어깨에서 물속으로 이어진 낚싯줄이 마치 한 줄기 인광(燐光)처럼 뚜렷이 보였다. 배가 끌려가는 속도는 전보다 약간 느려진 듯했다.

아바나 쪽 하늘이 전보다 덜 밝은 것으로 보아 배는 조류에 밀려 어느 정도 동쪽으로 나가는 것 같았다. 아바나의 불빛을 잃어버리면 우리는 더욱 동쪽으로 나가는 게 될 것이다, 하고 노인은 생각했다. 이놈의 고기가 자기 진로를 어김없이 그대로 간다면 아직 몇 시간은 더 아바나 쪽 불빛이 보일 것이다, 하고 또 노인은 생각했다.

라디오로 야구 중계를 들을 수 있다면 얼마나 멋있겠는가 말이다. 그러나 노인은 이내 생각을 고쳐먹었다. 지금은 다만 한 가지 일만을 생각해야 하는 거다. 쓸데없는 일을 생각해서는 안 돼.

이윽고 노인은 큰 소리로 지껄여댔다.

"그 소년이 있었더라면 얼마나 좋을까. 나를 도와줄 수도 있고, 망도 봐줄 수 있을 텐데 말이야."

늙어서 혼자 있는 것은 좋은 일이 못 되는 거야, 하고 그는 곰곰이 생각했다. 그러나 지금은 어쩔 도리가 없다. 차라리 저 다랑어라도 상하기 전에 먹고 기운을 차려야겠다. 아무리 먹기 싫더라도 아침 나절 안에 꼭 먹어둬야지. 잊어서는 안 된다, 하고 노인은 마음속으로 자신에게 타일렀다.

밤사이에 두 마리의 돌고래가 뱃전 가까이 나타났다. 그놈들이 뒤척이며 이리저리 뒹굴며 물을 뿜는 소리가 들려왔다. 노인은 수컷이 물을 뿜는 소리와 암컷이 한숨을 쉬듯 물을 뿜는 소리를 똑똑히 구별할 수 있었다.

"착한 것들이지."

노인은 말했다.

"놈들은 함께 놀고 장난도 치고, 사랑도 하지. 저놈들은 날치나 마찬가지로 우리의 형제뻘이야."

노인은 갑자기 자신의 낚시에 걸린 큰 고기가 불쌍하게 느껴졌다. 멋진 놈이란 말이야. 보통 흔히 볼 수 없는 놈인 데다 도대체 얼마나 나이를 먹은 놈인지 알 수가 없거든, 하고 노인은 생각했다. 오늘까지 나도 이렇게 힘센 놈과 만난 적이 없었고, 또 이렇게 이상하게 구는 놈은 처음이야. 날뛰지 않는 것을 보니 영리한 놈인걸. 사실 이놈이 날뛰기라도 하는 날에는 꼼짝없이 내가 지고 말 게야. 아마 틀림없이 이전에도 여러 번 낚시에 걸린 경험이 있어서 이럴 때는 지금과 같은 방법으로 싸우는 게 상책이라는 걸 잘 아는 놈이 틀림없어. 하지만 저놈과 겨루고 있는 게 단 한 사람이며 게다가 나이 먹은 늙은이라는 것은 모를 게야. 아무튼 굉장한 놈이야. 이놈이 좋은 고기라면 시장에 가져갔을 때 얼마나 비싼 값이 나가겠는가 말이야. 놈은 미끼를 먹는 것도 사내답게 먹었다. 끌고 가는 것도 사내답다. 게다가 싸우는 품도 당황하는 빛이 조금도 없어. 제 놈에게 무슨 계획이라도 있는지, 아니면 나와 마찬가지로 필사적인 상태인지 알 도리가 없군.

노인은 언젠가 한 쌍의 청새치 중에서 한 마리를 낚았던 일을 기억했다. 먹이를 발견하면 항상 수컷이 암컷에게 그 먹이를 먹게 한다. 그때 낚시에 걸려든 것이 암컷이었는데, 그놈은 사방으로 날뛰면서 공포에 싸여 필사적으로 투쟁을 하다가 기진맥진해졌다. 그동안에도 수컷은 계속 암컷 옆에 붙어서 낚싯줄을 넘어 다니기도 하고 암컷과 함께 주위의 바다를 맴돌았다. 그놈이 너무 가까이 따라다니기 때문에 줄을 끊어버리지나 않을까 하고 노인은 염려가 되기도 했다. 아무튼 그놈의 꼬리는 큰 낫처럼 날카롭고 모양도 크기도 큰 낫과 비슷했다. 노인은 갈고리대로 암컷을 끌어당겨서 몽둥이로 후려쳤다. 가장자리가 사포처럼 우둘투둘한 주둥이를 잡고, 곤봉으로 정수리를 마구 후려쳤다. 그러자 고기의 몸뚱이는 금세 색이 변해 거울 뒷면 빛깔처럼 되어버렸다. 이윽고 소년이 도와서 그놈을 배 안으로 끌어올렸다. 그때까지도 수컷은 한시도 뱃전에서 떠나지 않았다. 노인이 낚싯줄을 치우고 작살을 준비하는 동안에도 수컷은 자기의 짝이 어디 있는가를 알려고 뱃전 옆에서 공중으로 높이 뛰어올라 암컷의 모습을 확인하려는 듯한 시늉을 하고는 다음 순간 물속 깊이 자취를 감추어버렸다. 날개처럼 생긴 그놈의 가슴지느러미 줄무늬가 넓게 활짝 펴졌던 모습이 노인의 눈에는 아직도 선했다. 아름다운 놈이었지, 그리고 끝까지 도망치려고 하지 않았지, 하고 노인은 그때의 추억을 되새겼다.

내가 당한 일 중에서는 제일 슬픈 사건이었어, 하고 노인은 생각했다. 소년도 슬퍼했지. 그리고 우리는 암컷에 사과하고 즉시 칼질을 해버렸지.

"그 소년이 있으면 얼마나 좋을까."

노인은 큰 소리로 말했다. 그리고 배의 둥근 뱃전에다 등을 기댔다. 노인은 어깨에 걸친 줄을 통해서 자기가 선택한 진로를 따라 유유히 달리는 큰 고기의 힘을 강하게 느꼈다.

일단 나의 계교에 걸려든 이상 무슨 방법이든 선택하지 않고서는 못 배겨날 거야, 하고 노인은 마음속으로 생각했다.

이놈은 모든 올가미나 덫이나 계교가 미치지 않는 먼바다의 깊고 깊은 어두운 물속에서 버텨 나가자고 생각한다. 그러니 내가 선택한 방법도 자연 모든 사람의 무리에서 떨어져서, 아니 모든 세계의 사람들과 동떨어져서, 이놈을 바닥 밑까지 추적하는 것뿐 딴 도리가 없다. 그래서 우리는 정오부터 줄곧 이렇게 함께 있었다. 뿐만 아니라 우리를 도와주는 사람은 아무도 없다.

차라리 어부가 되지 말 것을, 하고 노인은 생각했다. 아니야, 나는 운명적으로 어부로 태어났던 거야. 날이 밝는 대로 잊지 말고 꼭 다랑어를 아침 대신 먹어두어야지.

날이 밝기 전 새벽녘이었다. 노인의 뒤쪽에 있는 미끼 하나에 뭔가가 걸렸다. 막대기 부러지는 소리가 들리고 낚싯줄이 뱃전 밖으로 풀려나가기 시작했다. 노인은 어둠 속에서 선원용 칼을 꺼냈다. 그리고 뱃전에 기대고 있던 왼쪽 어깨로 고기가 잡아끌고 있는 모든 힘을 받고 버티면서, 뱃전에 대고 낚싯줄을 끊어버렸다. 그리고 가장 가까이 있는 다른 낚싯줄도 끊어버렸다. 그리고 어둠 속에서 예비 낚싯줄의 끝과 끝을 단단히 매두었다. 노인은 한 손으로 이 작업을 능란하게 해치웠다. 매듭을 단단히 매기 위해서 감아놓은 낚싯줄을 발로 눌렀다. 이제 노인의 예비 낚싯줄은 여섯 개가 된 셈이었다. 끊어버린 미끼를 매달았던 것에서 각각 두 개, 그리고 지금 고기가 물었던 낚싯줄에서 또 두 개, 이것들이 모두 연결되었다.

날이 밝으면 어떻게 해서든지 마흔 길짜리 낚싯줄도 끊어버리고 예비 줄에다 이어두어야겠다고 마음먹었다. 결국 이백 길이나 되는 카탈로니아산 콜데르*와 낚시와 목줄을 잃어버린 셈이로구나, 하

---

* 스페인 말로 밧줄

고 노인은 생각했다. 그거야 또 장만하면 되니까. 그러나 지금 물린 고기를 잡으려다가 이 큰 놈이 달아난다면 그건 무엇으로 보상하지? 사실 지금 막 물린 놈이 어떤 고기인지 나는 모른다. 청새치나 황새치거나 아니면 상어였는지도 모른다. 줄을 자르기가 너무 급한 나머지 손으로 그것을 잡아당겨 느껴보지도 못했다.

큰 소리로 노인은 또 지껄였다.

"그 소년이 있으면 얼마나 좋을까?"

소년은 지금 곁에 없다, 하고 다시 노인은 생각했다. 지금은 다만 혼자니까, 어둡거나 어둡지 않거나 간에 아무튼 마지막 줄 있는 곳으로 가서 그것을 끊어버리고 두 개의 예비줄을 이어두는 것이 좋겠구나.

노인은 생각한 대로 해치웠다. 어둠 속에서는 일하기가 어려웠다. 한 번 고기가 큰 파도를 일으키며 술렁거리는 바람에 노인은 앞으로 고꾸라지고 말았다. 눈 밑이 찢어지고 피가 뺨으로 흘러내렸다. 그러나 피는 즉시 굳어서 턱까지 흘러내리기 전에 말라버렸다. 노인은 뱃머리 쪽으로 기어가서 뱃전에 몸을 기대고 쉬었다. 부대를 바로 걸치고 줄을 조심스럽게 움직여서 어깨에 줄 닿는 위치를 바꾸었다. 그리고 어깨의 줄을 고정해 고기가 끄는 힘을 주의 깊게 느껴보고, 한 손을 물속에 넣고 배가 끌려가는 속도를 재보기도 했다.

이놈이 왜 이렇게 한차례 몸부림쳤을까, 노인은 생각해보았다. 틀림없이 철삿줄이 놈의 커다란 잔등을 긁었을 테지. 하지만 놈의 등은 분명히 내 등만큼 아프지는 않을걸. 놈이 이 배를 영원히 끌고 가지는 못할 테지. 아무리 큰 놈이라고 하더라도 말이야. 이제 성가신 것들은 모조리 다 치워버렸으니 걱정은 없다. 게다가 예비 줄도 충분히 있겠다. 더는 바랄 게 없다.

"이놈아!"

노인은 고기를 향해서 큰 소리로, 그러나 다정하게 말을 걸었다.

"나는 죽을 때까지 너와 함께 있을 테다."

아마 저놈도 나하고 끝까지 싸우겠지, 하고 노인은 생각했다.

노인은 날이 밝기를 기다렸다. 날이 밝기 전이라 추웠다. 그래서 몸을 따뜻하게 하려고 뱃전에다 몸을 밀었다. 제 놈이 버텨 나갈 수 있는 한은 나도 버텨 나갈 수 있지, 하고 노인은 생각했다. 날이 밝기 시작하자, 줄이 풀려나가면서 물속으로 내려갔다. 배는 여전히 물 위로 끌려가고 있었다. 태양이 수평선 위에 그 꼭대기를 드러냈다. 최초의 빛이 노인의 오른쪽 어깨에 부딪쳤다.

"놈은 북쪽으로 가고 있군."

노인이 말했다.

"하지만 조류 탓으로 우리는 꽤 동쪽으로 밀려나게 될 테지. 고기가 조류를 타주면 좋으련만. 그게 무엇보다도 놈이 지쳐버렸다는 증거니까 말이야."

태양이 더 높이 떠올랐다. 그러나 노인은 고기가 조금도 지치지 않았다는 사실을 알았다. 단 한 가지 유리한 징조가 보였다. 낚싯줄의 경사도로 보아 고기가 약간 위로 떠올라온 것이다. 그러나 고기가 틀림없이 뛰어오르리라고 장담할 수는 없다. 그래도 뛰어오를지 모른다.

"제발 저놈이 뛰어오르게 해주소서."

노인은 말했다.

"저놈을 다룰 수 있는 줄은 충분히 있습니다."

아마도 내가 여기서 조금만 더 팽팽하게 줄을 잡아당기면 저놈은 아파서 뛰어오를 테지, 하고 노인은 생각했다. 이제 날이 다 밝았으니, 저놈을 뛰어오르게 해야겠다. 저놈은 아마 틀림없이 등뼈를 따라 붙어 있는 부레에 공기가 꽉 들어차서 위로 뛰어오르게 될 게야. 그러니까 저놈을 깊은 물속에서 죽게 하는 일은 없을 테지.

노인은 줄을 더 팽팽하게 당기려고 해보았다. 그러나 줄은 이미 당장에라도 끊어질 듯이 팽팽하게 당겨져 있었다. 뒤로 몸을 젖히고 줄을 당기려고 했으나 아직도 반응이 강해서 이젠 더 세게 잡아당겨서는 안 된다는 것을 알 수 있었다. 아니, 조금이라도 잡아당겨서는 안 되겠다고 생각했다. 자칫 잘못해서 세차게 잡아당기면 낚시가 걸린 상처가 넓어질 것이다. 그렇게 되면 고기가 뛰어올랐을 때 낚시가 벗겨질지도 모른다. 아무튼 태양이 떠올라와서 한결 기분도 좋아졌고, 이제는 태양을 똑바로 바라보지 않아도 되었다.

줄에는 누런 해초가 달려 있었다. 해초의 무게가 오히려 고기에게는 짐이 될 테니 잘되었구나, 하고 노인은 생각했다. 간밤에 인광을 낸 것은 바로 이 누런 해초였다.

"이 친구야."

노인은 고기를 향해서 말을 또 걸었다.

"나는 너를 좋아하고 더더구나 존경한다. 하지만 오늘은 기어코 끝장내고 말 테다."

그렇게 되기를 빌자, 하고 노인은 생각했다.

그때 작은 새 한 마리가 북쪽 하늘에서 배를 향해 날아왔다. 휘파람새 종류였다. 그 새는 해면 아주 가까이 나지막하게 날아왔다. 새가 몹시 지쳐 있다는 것을 노인은 한눈에 알아볼 수 있었다.

새는 배의 고물에 앉아 지친 날개를 쉬었다. 그러더니 다시 날아올라 노인의 머리 위를 맴돌다가 이번에는 줄 위에 가서 앉았다. 줄 위가 더 편안한 모양이었다.

"너 몇 살이지?"

노인이 새에게 물었다.

"여행은 이번이 처음인가 보구나."

노인이 말을 걸자 새는 노인을 바라보았다. 새는 너무 기진맥진했는지 줄을 살펴보지도 않고 그대로 앉아 있었으며, 그 가냘픈 발로 줄을 꽉 움켜쥔 채 아래위로 흔들거렸다.

"줄은 튼튼하니까 염려하지 말게."

노인은 작은 새를 보고 말했다.

"간밤에는 바람 한 점 없었는데 그렇게 지쳐버려서야 어디 쓰겠나? 새들은 도대체 어떻게 되지?"

노인은 다시 말했다.

"푹 쉬어라, 꼬마 새야. 그리곤 세상으로 날아가 사람이나 새나 물고기처럼 너의 행운을 잡도록 해야지."

밤사이에 등이 뻣뻣해지고, 이제는 심한 통증까지 느껴졌기 때문에 이렇게 새에게 이야기하는 것이 노인에게는 위로가 되었다.

"마음에 있다면, 우리 집에 와서 살아도 좋다."

노인은 말했다.

"내가 돛을 올리고 지금 일고 있는 미풍을 타고 너를 육지까지 데려다주지 못해 정말 미안하구나."

바로 그때였다. 고기가 갑자기 요동을 했다. 노인은 뱃머리 쪽으로 그만 고꾸라지고 말았다. 순간적으로 몸을 일으켜 버티면서 줄을 조금 풀어주지 않았다면 물속으로 끌려 들어갈 뻔했다.

새는 줄이 당겨지는 바람에 하늘로 날아올랐다. 노인은 새가 날아오르는 것도 보지 못했다. 오른손으로 조심스럽게 줄을 다루다가 문득 손에서 피가 흐르는 것을 발견했다.

"저놈의 고기가 어디가 아팠던 모양이군."

노인이 큰 소리로 말했다. 노인은 고기의 방향을 돌릴 수 있는지 알아보려고 줄을 힘껏 당겼다. 줄이 팽팽하게 끊어질 정도로 당겨지자 노인은 그대로 줄을 꽉 쥔 채 버텼다.

"너도 이제는 내가 당기는 힘을 알게 됐구나, 고기야."

노인은 말했다.

"하지만, 나도 그렇단다."

노인은 사방을 둘러보면서 새를 찾았다. 노인은 벗 삼을 수 있는 새라도 있었으면 하고 바랐으나 새는 온데간데없었다.

오래 쉬지도 못하고 가벼렸구나, 하고 노인은 생각했다. 그러나 육지로 돌아갈 때까지는 더 거친 일들이 있을 것이다. 그리고 고기가 한차례 날뛰었다고 해서 다치다니? 내가 멍청해진 게로군. 아니다, 내가 작은 새 한 마리를 바라보느라 정신을 판 것이 잘못이구나. 마음을 단단히 먹고 일에나 정신을 쏟아야겠다. 그리고 아침 식사로 다랑어라도 먹어둬야지. 그래서 기운을 차려야지.

"지금 소년이 내 곁에 있고, 소금이라도 조금 있으면 얼마나 좋을까."

노인은 큰 소리로 말했다.

노인은 낚싯줄의 무게를 왼쪽 어깨로 옮기고 조심스럽게 배 밑바닥에 무릎을 꿇고 바닷물에 손을 씻었다. 그러고는 한참 동안 손을 바닷물에 담근 채 피가 꼬리를 남기며 흘러가는 모습을 바라보았다. 배가 달려가면서 손에 부딪쳐 오는 물의 압력을 느껴보았다.

"제 놈도 이젠 꽤 느려졌군."

노인은 손을 바닷물에 담근 채 그대로 있고 싶었다. 그러나 조금 전처럼 고기가 날뛸지도 모르기 때문에 몸을 일으켜 발로 버티고는 손을 들어 해를 가리며 쳐다보았다. 낚싯줄에 쓸려서 살갗이 쓸려 나갔을 뿐이었다. 그러나 손을 사용해야 하는 중요한 시기다. 이 일이 끝날 때까지는 중요한 손이었다. 일을 시작하기도 전에 손을 다쳐서는 안 된다.

노인은 손이 마르자 말했다.

"자, 저 다랑어를 먹어둬야지. 갈고리대로 끌어다가, 여기서 편안하게 먹어야겠다."

노인은 무릎을 꿇고 갈고리대로 고물 쪽에서 다랑어를 찾아서 사려놓은 낚싯줄을 피해가며 자기 앞으로 끌어당겼다. 줄을 다시 왼쪽 어깨에 고쳐 메고 왼쪽 팔과 손으로 버티면서 다랑어를 갈고리대에서 빼내고 갈고리대는 원래 있던 곳으로 밀어버렸다. 노인은 한쪽 무릎으로 고기를 누른 채 검붉은 살을 머리 뒤쪽에서 꼬리까지 잘랐다. 다음으로 등뼈에 바싹 붙어서 배까지 쐐기 모양으로 살점을 잘라냈다. 노인은 살을 여섯 조각으로 잘라서 뱃머리 나무 위에 펴놓고, 칼에 묻은 피를 바지에 닦았다. 그러고는 꽁지 있는 데를 집어 뼈를 바다에 던져버렸다.

"한쪽도 다 먹을 것 같지 않은데."

노인은 말했다. 그리고 토막 낸 고기에다 칼을 꽂았다. 바로 그때 줄이 세차게 끌려가기 시작했고 노인의 왼쪽 손에는 쥐가 났다. 무거운 줄을 쥐고 있는 손이 빳빳하게 오그라들었다. 노인은 괴로운 듯이 그 손을 바라다보았다.

"이놈의 손은 도대체 어떻게 된 놈의 손이야. 쥐가 나려거든 나려무나. 새 발톱처럼 오그라들려면 오그라들어라. 그래봤자 소용없을 테니까."

자, 하고 마음을 가다듬은 노인은 어두운 물속으로 비스듬하게 들어가 있는 줄을 바라보았다. 다랑어를 먹어야지, 그럼 손도 펴질 것이다. 손의 잘못이 아니지, 벌써 여러 시간을 고기와 싸워왔으니까 말이야. 아니야, 나는 최후까지 이놈과 싸울 작정인데. 자, 다랑어를 먹어야지.

그는 살 조각을 하나 집어 들어 입에 넣고 천천히 씹었다. 맛은 괜찮은 편이었다.

잘 씹어야지. 그리고 모두 피로 만들어야지. 라임이나 레몬 아니면 소금이라도 좀 있었으면 맛이 괜찮을 텐데 말이야.

"이제 좀 어떻지?"

노인은 왼손을 보고 말했다. 왼손은 마치 사후 경직 상태처럼 뻣뻣했다.

"너를 위해서 좀 더 먹어둘 테다."

노인은 베어 먹고 남은 살 조각을 먹었다. 조금 씹으면서 껍질을 뱉어냈다.

"효험이 있는가, 왼손 친구? 아직은 너무 일러서 잘 모르겠지?"

노인은 한쪽을 더 집어서 잘라내지 않고 그대로 씹었다.

이건 피가 아주 많은 고기로군, 하고 노인은 생각했다. 돌고래가 아니고 다랑어가 걸린 게 다행이지. 돌고래는 너무 달단 말이야. 이 놈은 달다고도 할 수 없고, 아직 팔팔한 기운이 꽉 차고 넘친단 말이야.

하지만 실제적인 생각 외에는 모두 무의미한 것이야, 하고 그는 생각했다. 소금이라도 좀 있으면 좋겠는데 말이야. 햇빛이 남은 생선을 상하게 할지 아니면 말릴지는 모르겠지만 아무튼 배가 고프지 않더라도 다 먹어두는 것이 좋겠군. 물속의 고기놈은 조용하게 계속 버티고 있으니, 나도 마저 먹어 치우고 준비를 해야겠어.

"참으라구, 손 친구야. 자네 때문에 먹는 거니까."

물속의 고기놈한테도 먹을 것을 좀 줬으면 좋겠는데, 하고 노인은 생각했다. 저놈은 나와 형제 사이니까. 하지만 나는 저놈을 꼭 죽여야 하고, 그러러면 힘을 모아야만 해.

노인은 천천히 그리고 열심히 쐐기 모양의 생선 조각을 하나하나 먹어 나갔다.

다 먹고 나서 노인은 허리를 쭉 펴고 손을 바지에 닦았다.

"자."

노인은 왼손을 향해 말했다.

"왼손 친구야, 자넨 이제 줄을 놔도 되겠네. 자네가 쓸데없는 수작을 부리고 한눈을 파는 동안, 나는 오른손만으로도 저놈의 고기와 씨름을 할 수 있으니까 말이야."

노인은 왼손으로 쥐고 있던 무거운 줄을 왼발로 밟고 등을 누르는 힘에 맞서 그것을 덮쳐 눌러버리듯 반듯이 누웠다.

"제발 쥐가 풀리도록 해주소서."

그는 말했다.

"저놈의 고기가 도대체 무슨 짓을 하려는지 알 수가 없습니다."

하지만 고기는 조용히 자신의 계획을 착착 진행해가고 있는 듯이 보인단 말이야. 그렇다면 저놈의 계획은 무엇일까, 하고 노인은 생각했다. 또 나는 어떻게 할 셈인가 말이야. 나의 계획은, 저놈이 하도 크니까 저놈이 하는 데에 따라서 임기응변으로 대할 수밖에. 저놈이 뛰어오르기만 하면 죽일 수는 있는데. 저놈은 아마 물속에서 계속 버틸 심산인데. 그렇다면 나도 언제까지나 너와 겨루어 나가야지 별 수 있나.

노인은 쥐가 난 왼손을 바지에다 문지르면서 손가락을 펴보려고 애를 썼다. 그러나 손가락은 펴질 것 같지 않았다. 하지만 해가 떠오르면 같이 손가락도 펴지겠지, 하고 노인은 생각했다. 아마도 조금 전에 먹은 다랑어의 고기가 뱃속에서 소화가 될 무렵에는 펴지겠지. 만일 기어코 왼손을 써야 할 때가 온다면 나는 무슨 수를 써서라도 펴야만 할 것이다. 그러나 지금 억지로 펼 생각은 없다. 저절로 펴져서 원래대로 돌아가게 내버려둬야지. 결국 나는 간밤에 너무 혹사한 셈이다. 하지만 그때는 두 손을 자유로이 움직여서 많은 줄을 이어야 할 필요가 있었으니까.

노인은 바다를 한차례 둘러보았다. 새삼스럽게 자기가 고독하게 되어버렸다는 것을 알았다. 그러나 노인은 어두컴컴한 물속의 프리즘을 볼 수 있었고, 앞으로 뻗어나간 낚싯줄과 잔잔한 바다의 이상한 파동을 바라다볼 수도 있었다. 이젠 무역풍과 더불어 구름이 뭉게뭉게 모여들기 시작했다. 문득 앞을 바라다보니 한 떼의 물오리들이 하늘에 새겨놓은 듯이 뚜렷하게 모습을 나타냈다가 흩어지고 다시 나타나곤 했다. 노인은 그 누구도 바다에서는 외롭지 않다는 것을 알았다.

어떤 사람들은 작은 배를 타고 육지가 보이지 않는 먼 곳까지 나오면 무서워한다는 것이 이상하게 여겨졌다. 갑자기 날씨가 바뀌는 계절이면 그럴 법도 하다고 생각했다. 그러나 지금은 태풍의 계절이다. 태풍이 없을 때는 1년 중에서도 고기잡이에 가장 좋은 계절인 것이다.

태풍이 오면 며칠 전부터 하늘에 그 징조가 나타난다. 바다에 나가 있노라면 그것을 금방 알게 된다. 육지에서는 좀처럼 알 수가 없다. 왜냐하면 아무 데서도 태풍의 단서를 잡을 수 없기 때문이다, 하고 노인은 생각했다. 그야, 육지에서도 구름의 모양이라든가 또는 어떤 점에서든 달라지는 데가 있기야 있을 테지, 아무튼 지금은 태풍이 올 징조가 없어.

노인은 하늘을 쳐다보았다. 하늘에는 아이스크림 덩어리 같은 흰 뭉게구름이 보였고, 그보다 더 높은 하늘에는 9월의 하늘을 배경으로 엷은 새털구름이 깔려 있었다.

"브리사*다."

노인이 말했다.

"고기야, 너보다는 나에게 유리한 날씨가 되었구나."

왼손은 쥐가 난 그대로였다. 노인은 천천히 왼손을 펴려고 했다. 쥐가 나다니 제일 질색이라니까, 하고 노인은 생각했다. 노인은 쥐가 난 것을 자신의 육체에 대한 일종의 배신으로 여겼다. 다른 사람 앞에서 프토마인 중독을 일으켜서 설사를 한다든지 구토를 한다는 것은 창피한 일인데, 더더구나 쥐가 난다는 것은 창피한 노릇이다. 노인은 카람브레라는 스페인어 욕을 떠올렸다. 더욱이 혼자 있

---

* 스페인 말로 미풍

을 때는.

그 소년이 있다면 주물러서 풀어줄 수도 있을 텐데, 하고 노인은 생각했다. 그러나 언젠가 풀어지긴 하겠지, 틀림없이.

바로 그때였다. 노인은 오른손에 잡아 끌려가던 힘이 달라진 것을 느꼈다. 이내 물속으로 뻗은 줄의 경사가 달라지는 것도 볼 수 있었다. 이윽고 노인은 상체를 뒤로 젖히면서 줄을 잡아당겼다. 줄이 경사진 그대로 서서히 떠오르는 것이 보였다.

"저놈이 이제 올라오는구나. 자, 가까이만 오너라. 제발 부탁이다."

줄은 서서히 계속 떠올랐다. 배 앞쪽 바다의 표면이 굽이치듯 몰려오면서 드디어 고기가 모습을 나타냈다. 계속 올라오면서, 고기의 잔등 양쪽으로 물이 좍 쏟아져 내려갔다. 햇빛을 받아 번쩍이는 고기는 머리와 등은 짙은 보랏빛이고, 옆구리에는 연보랏빛으로 빛나는 굵은 줄무늬가 한 줄 달리고 있었다. 주둥이는 야구 방망이 정도의 길이로, 쌍칼날처럼 끝이 뾰족했다. 고기는 겨우 온몸을 물 위에 드러냈다가는 이내 물속으로 들어가버렸다. 다이빙 선수와도 같은 능숙한 솜씨였다. 노인은 커다란 낫처럼 생긴 꼬리가 물속으로 사라지는 것을 보았다. 그러자 줄이 똑같은 속도로 풀려나가기 시작했다.

"이 배보다 60센티미터는 더 길군."

노인은 어안이 벙벙해서 지껄였다. 줄이 무섭게 빨리, 그리고 일정하게 풀려나가는 것으로 보아 고기는 조금도 당황하지 않은 것 같았다. 노인은 두 손으로 줄이 끊어지지 않을 정도로 힘껏 잡고 견제했다. 만일 적당하게 잡아당기면서 고기의 속도를 줄이지 않으면 고기는 줄을 있는 대로 끌고 나가서 결국에는 끊어버리게 될지도 모른다는 것을 노인은 잘 알았다.

무섭게 큰 놈이군, 그러니까 저놈에게는 본때를 보여줘야 해, 하고 노인은 생각했다. 그리고 저놈이 마음대로 하도록 내버려둬서도 안 되고 제 놈이 달리기만 하면 무슨 짓이든 할 수 있다고 알려서도 안 돼. 내가 만일 저놈의 고기라고 한다면 나는 무슨 수를 써서라도 뭔가 결판이 날 때까지 해보고 말 것이다. 하지만 고맙게도 저놈은 제 놈을 죽이는 인간보다는 머리가 좋지 못하다. 비록 저놈이 기품 있고 능력이 있다고 하더라도 말이다.

지금까지 노인은 큰 고기를 많이 보아왔다. 1,000파운드가 훨씬 넘는 큰 고기도 몇 번이나 보았다. 그리고 평생에 그 정도의 고기를 잡은 적도 두 번은 있었다. 그러나 혼자 잡은 것은 아니었다. 그런데 지금은 혼자였다. 육지도 보이지 않는 곳에서 노인은 지금 생전 처음 보는 큰 고기, 들어보지도 못한 큰 고기와 실제로 맞붙어 싸우고 있다. 더더구나 왼손은 여전히 매 발톱처럼 굳게 오그라든 그대로였다.

하지만 곧 풀어지겠지, 하고 노인은 생각했다. 그리고 틀림없이 풀려서 오른손이 하는 일을 도와줄 것이다. 그렇다. 이 세 가지는 형제랄 수 있다, 고기와 나의 두 손은. 쥐는 꼭 풀어져야만 한다. 쥐가 나다니 부끄럽기 짝이 없는 일이다. 다시 고기는 속력을 늦추어 좀 전의 속도로 되돌아가고 있었다.

그런데 아까는 왜 위로 올라왔을까, 하고 노인은 생각해보았다. 그놈은 마치 자기의 크기를 자랑이라도 하려는 듯이 솟아오른 것 같았다. 아무튼 그 덕에 알게 되었구나, 하고 노인은 생각했다. 그렇다면 나도 내가 어떤 사람인가를 보여줘야지. 그러나 그땐 저놈이 쥐가 난 나의 왼손을 보게 되겠지. 그렇게 된다면, 내가 제 놈보다 더 강하다는 것도 알게 될지 모른다. 아니 사실 내가 제 놈보다는 강하니까 말이야. 내 의지와 지혜에 맞서 싸우고 있는 그 모든 것을 가진 저 고기가 되어보고도 싶구나, 하고 노인은 생각했다.

노인은 뱃전에 몸을 기댄 편안한 자세로 엄습해오는 고통을 견뎌냈다. 고기는 조금도 흐트러짐이 없는 한결같은 모습으로 달렸다.

배는 검은 수면 위를 천천히 움직이고 있었다. 바람이 동쪽에서 불어오자 파도가 약간 일었다. 정오 무렵이 되어서야 겨우 노인의 왼손에 난 쥐가 풀렸다.

"이보게 고기 친구, 자네에겐 나쁜 소식이네."

노인은 말하면서 어깨를 덮었던 부대 위로 줄을 옮겨놓았다.

노인의 자세는 편안했으나 몸은 고통스러웠다. 다만 노인이 그 고통을 인정하려고 하지 않았을 뿐이었다.

"나에게 신앙이 있는 것은 아니지만."

노인은 다시 입을 열었다.

"이 고기를 잡기 위해서는, 주기도문과 성모송을 열 번이라도 외겠습니다. 만일 잡기만 한다면, 코브레 성당을 순례하겠다고 약속

합니다. 이건 진정입니다."

노인은 기계적으로 기도문을 암송하기 시작했다. 너무 피로한 탓으로 가끔 기도문의 문구가 생각나지 않을 때도 있었다. 그럴 때면 빨리 외운다. 그러면 자동으로 다음 문구가 나오게 된다. 주기도문보다는 성모송이 외기 쉽다, 하고 노인은 생각했다.

"은총이 가득하신 마리아님, 기뻐하소서. 주님께서 함께 계시니 여인 중에 복되시며, 태중의 아들 예수님 또한 복되시나이다. 천주의 성모 마리아님, 이제와 저희 죽을 때에 저희 죄인을 위하여 빌어주소서. 아멘."

이윽고 노인은 다시 덧붙였다.

"거룩하신 성모 마리아시여, 이 물고기의 죽음을 위해서도 기도해주소서. 훌륭한 놈이긴 하옵니다만."

기도를 끝내자 기분이 약간 좋아진 듯했으나, 고통은 전과 조금도 다를 바 없었다. 아니, 오히려 전보다 더 심하다면 심한 것 같았다. 노인은 뱃전에 등을 기댄 채, 거의 무의식적으로 왼손의 손가락을 놀려보았다.

미풍이 부드럽게 일기 시작했으나, 햇볕은 따가웠다.

"짧은 줄에 미끼를 끼워서 고물 쪽에 드리워두는 것이 좋겠군."

노인은 말했다.

"고기란 놈이 하룻밤을 더 버티기로 결심한다면 나도 다시 배를 채워야겠군. 물도 이젠 얼마 남지 않았으니 말이야. 여기서는 돌고래밖에는 잡히지 않을 것 같은데. 그러나 그것도 아주 싱싱할 때 먹으면 그렇게 나쁘지는 않겠지. 오늘 밤에는 날치가 배 위로 날아와 줬으면 좋겠군. 그러나 날치를 유인할 불빛이 없으니. 날치란 놈은 생으로 먹으면 맛이 그만이거든. 칼질을 안 해도 되구 말이야. 이제 내가 가진 힘을 아껴두어야 해. 고기놈이 이렇게 큰 줄은 정말 몰랐다니까."

잠시 후 노인은 말했다.

"하지만 나는 이놈을 꼭 죽이고야 말 테니까. 이놈의 모든 위대함과 영광 속에서."

노인은 또 말했다.

"옳지 않은 일일지도 모르지만 말이야. 나는 이놈에게 사람이 어떤 일을 할 수 있으며, 얼마나 견딜 수 있는가를 보여주겠어."

"나는 이상한 노인이라고 소년에게 말했지. 지금이야말로 그 말을 증명할 때다."

지금까지 그는 그 증명을 수천 번이나 해왔지만, 결국은 아무 의미가 없었다. 노인은 이제 또다시 자기 말을 증명하려고 하는 것이다. 몇 번이라도 상관없다. 기회란 그것을 잡는 자에게는 항상 새로운 것이니까. 이 증명을 할 때는 과거에 했던 일에 대해서는 이미 생각하지 않았다.

고기가 잠을 자줬으면 좋으련만. 그러면 나도 잘 수 있고, 또 사자의 꿈도 꿀 수 있을 텐데, 하고 노인은 생각했다. 하지만 지금 사자가 왜 머리 속에 떠오르는 걸까? 이 늙은이야, 생각은 무슨 생각을 하누, 생각은 그만두라고, 하고 노인은 스스로에게 말했다. 뱃전에 편안하게 몸을 기대고 휴식이라도 취하는 것이 상책이라구. 아무 생각도 하지 말게나. 고기란 놈이 열심히 움직이고 있잖은가 말이야. 그러니까 자네 같은 늙은이는 될 수 있는 대로 쉬어두는 게 좋다니까.

이미 오후에 접어들고 있었다. 여전히 배는 천천히 그리고 조금도 흐트러짐이 없이 수면 위를 미끄러지듯 달렸다. 그러나 이번에는 동풍이 불어와 약간 저항이 느껴졌다. 노인은 작은 파도를 헤치며, 조용히 나아가고 있었다. 등에 압박을 가해오던 밧줄의 아픔도 한결 수월하고 부드러워졌다.

오후가 되자 다시 한번 줄이 올라오기 시작했다. 그러나 고기는 약간 올라와서 그리 깊지 않은 물속에서 계속 헤엄쳤다. 태양은 노인의 왼팔과 등에 내리쬐였다. 그래서 노인은 고기가 북쪽에서 동쪽으로 방향을 돌린 것을 알았다.

노인은 그 모습을 한 번 보았기 때문에 보랏빛 가슴지느러미를 날개처럼 활짝 펴고 커다랗고 꼿꼿한 꼬리를 바짝 세운 채 어두운 물속을 가르듯 헤엄쳐 나가는 고기의 모습을 눈앞에 생생하게 그려 볼 수 있었다. 저만큼 깊은 물속에서 저놈의 고기 눈은 얼마나 잘 보이는지 모르겠군, 하고 노인은 생각했다. 그러고 보니 고기의 눈은 무척 컸다. 말의 눈은 작아도 밤눈이 밝다. 나도 옛날에는 꽤 눈이 밝았지. 아주 캄캄한 곳에서야 말도 안 되는 소리지만, 어쨌든 나도 고양이 눈만큼은 밝았지.

태양의 온기와 꾸준한 움직임 덕분에 노인의 왼손은 완전히 나았다. 그래서 왼손에다 좀 더 힘을 옮겼다. 그리고 등의 근육을 움츠려 밧줄이 닿아서 생긴 상처의 아픔을 줄여보려고 했다.

"고기 친구야, 자네가 지치지 않았다면, 분명히 자네도 이상한 고기가 틀림없어."

노인은 큰 소리로 지껄였다.

노인은 이제 지칠 대로 지쳐 있었다. 곧 밤이 오리라는 것을 알았다. 그래서 딴생각을 해보려고 했다. 노인은 대(大) 리그전(戰)을 생각했다. 아니, 노인에게는 오히려 '그란 리가스'라는 스페인 말이 한층 더 친근하게 느껴졌다. 노인은 뉴욕 양키스와 디트로이트 타이거즈의 시합이 있었다는 것을 알았다.

쥬에고*의 결과를 모른 채 오늘로 꼭 이틀이 지났구나, 하고 노인은 생각했다. 그러나 나는 자신을 가져야만 한다. 발뒤꿈치의 뼈가 아프면서도 그것을 참고 대 디마지오 선수는 마지막까지 승부를 겨루고 있지 않은가, 나라고 져서야 되겠는가, 하고 노인은 자문자답했다. 뼈가 아프다는 것을 뭐라고 하지? '운 에스푸에라 데 페소'이다. 뼈에 고장이 났다는 게지. 그런 건 우리는 모르는 일이다. 하지만 그 아픔은 발뒤꿈치로 서로 차는 싸움닭의 아픔만큼 클까? 한쪽 눈이 빠지거나 심지어는 양쪽 눈이 모두 다 빠지고서도 정신없이 싸우는 투계처럼 싸워 나갈 수는 없다. 이런 대단한 새나 짐승들과 비교한다면, 인간이란 아무것도 아니다. 그러니 나도 차라리 저 캄

---

* 스페인 말로 시합

캄한 바닷속에 사는 거대한 짐승이나 되어버리고 싶다.

"상어만 오지 않는다면."

노인은 큰 소리로 입을 열었다.

"상어가 나타나면 저놈이나 나나 가엾은 꼴이 되고 말 테니까 말이다."

대 디마지오 선수인들 지금의 나만큼 이렇게 오랜 시간 동안 물고기와 겨루어 나갈 수 있을까, 하고 노인은 생각했다. 틀림없이 할 수 있겠지. 나보다는 젊고 더 튼튼할 테니까 말이야. 게다가 그 친구의 아버지도 어부였다니까. 하지만 발꿈치뼈가 상하면 역시 꼼짝 못 하겠지.

"내가 알 턱이 없지. 나는 발뒤꿈치가 아파본 일이 없으니까 말이야."

노인은 다시 큰 소리로 말했다.

해가 지자 노인은 문득 옛날 생각을 해내고 용기를 얻었다. 언젠가 노인은 카사블랑카의 술집에서 시엔푸에고 태생의 거인 검둥이와 팔씨름을 한 적이 있었다. 상대방은 항구에서 가장 힘이 세다는 검둥이였다. 테이블에 분필로 선을 그어놓고 그 위에다 팔꿈치를 올린 채 손을 꽉 마주 움켜잡고 하룻낮 하룻밤을 지샜다. 양쪽이 다 같이 상대방 손을 테이블 위에 꺾어 엎으려고 안간힘을 쓰면서 버텼다. 상당한 돈을 거는 사람도 있었다. 석유 등잔불 밑에 구경꾼들이 들락날락했다. 그는 검둥이의 팔과 손, 그리고 검둥이의 얼굴을 응시한 채 눈을 떼지 않았다. 심판관은 처음 여덟 시간이 지나자 네 시간마다 심판을 교대하며 잠을 잤다. 그의 손이나 검둥이의 손이나 손톱 밑에선 피가 배어 나왔다. 상대방의 눈빛을 살피면서 손과 팔에서 눈을 떼지 않았다. 사람들은 방안을 들락날락하기도 하고 벽 옆의 높다란 의자에 걸터앉아서 승부의 과정을 지켜보기도 했다. 주위 벽은 나무였으며 밝은 푸른빛 페인트칠이 되어 있었다. 램프 불빛이 벽 위에 모든 것의 그림자를 던져주고 있었다. 미풍이 램프의 불꽃을 흔들 때마다 검둥이의 커다란 그림자도 벽 위에서 흔들렸다.

  밤을 지새웠지만 승부는 나지 않았다. 사람들은 검둥이에게 럼주를 마시게 해주기도 하고 불붙인 담배를 물려주기도 했다. 상대방은 럼주를 한 잔 들이켤 적마다 맹렬한 힘으로 덤벼들었다. 한번은 노인이, 아니 그 무렵엔 엘 캄페온*인 산티아고였는데, 8센티미터가량이나 밀려서 하마터면 질 뻔했다. 그러나 그는 다시 필사적인 힘으로 손을 원래의 수직의 위치까지 바로 세워놓았다. 그때 그는 덩치가 크고 대단한 운동가이기도 했던 검둥이가 녹초가 되었음을 알고 이길 수 있다는 자신을 얻었다. 새벽녘이었다. 돈을 건 친구들이 무승부로 하면 어떻겠느냐는 제안을 하고, 심판까지도 고개를 갸우뚱하고 있을 무렵에 그는 최후의 힘을 다 짜내어 검둥이의 손을 마구 밀어 엎으면서 드디어 테이블에 철썩 갖다 눌렀다. 시합은 일요일 아침에 시작했다가 월요일 아침에 끝난 셈이었다. 돈을 건

---

*   스페인 말로 선수

사람들은 몇 번이나 무승부를 제안했었다. 왜냐하면 그들 대부분은 선창에 나가서 설탕 부대의 하역 작업을 하거나 혹은 아바나 석탄 회사에 일을 나가야 했기 때문이었다. 그렇지 않았다면 시합을 마지막까지 구경하고 싶었을 것이다. 하여간 그는 모든 사람이 일하러 갈 시간이 되기 전에 승부의 결말을 내주었다.

그 후 얼마 동안 사람들은 그를 '챔피언'이라고 불렀다. 봄에는 리턴 매치가 있었다. 그러나 이번에는 많은 돈을 거는 사람이 없었다. 첫 시합에서 시엔푸에고 태생 검둥이의 기를 꺾어버렸기 때문에 그는 아주 쉽게 건 돈을 차지했다. 그 후에도 두세 번 승부를 겨룬 일이 있었으나 더는 승부 내기를 하지 않았다. 그는 자기가 꼭 하고 싶다는 생각만 있으면 어떤 사람하고도 시합해서 이길 자신이 있었다. 그러나 고기잡이를 해야 하는 오른손을 위해서는 팔씨름이 해롭다고 판단했다. 그래서 왼손으로 두세 번 승부를 시도한 일이 있었다. 그러나 왼손은 항상 그의 배반자였다. 왼손은 마음먹은 대로 말을 잘 들어주지 않았다. 그 후부터 그는 왼손을 믿지 않았다.

태양이 따뜻하게 내리쬐면 손은 좋아지겠지, 하고 노인은 생각했다. 밤이 되어 날씨가 너무 추워지지만 않는다면 쥐는 또다시 생기지 않겠지, 오늘 밤에는 도대체 어떻게 되려는지.

마이애미행 비행기가 그의 머리 위를 지나갔다. 그는 비행기 그림자에 놀란 날치 떼가 튀어 오르는 것을 바라보았다.

"저렇게 날치 떼가 많은 것을 보니, 돌고래도 있겠군."

노인은 말하면서 고기가 물고 있는 줄을 조금이라도 잡아당길 수 있는가 알아보려고 줄을 잡고 버텨보았다. 그러나 그놈은 끄떡도 하지 않았다. 오히려 줄이 금세라도 끊어져버릴 듯이 팽팽하게 당겨지면서 물방울이 튀었다. 배는 천천히 전진했다. 노인은 비행기 쪽으로 시선을 돌리고 안 보일 때까지 그 뒤를 눈으로 좇았다.

비행기에 타고 있으면 이상한 기분이 들 거야, 하고 노인은 생각했다. 저렇게 높은 곳에서 내려다보면 바다는 어떻게 보일까? 너무 높이 날지 않으면 고기를 볼 수 있을 게다. 한 200킬로미터쯤 되는 높이에서 천천히 날면서 고기를 내려다볼 수 있으면 좋겠는걸.

언젠가 거북잡이 배에 탔을 때 돛대 꼭대기의 가름대에 올라가서 아래를 내려다본 일이 있었지. 그 정도의 높이에서도 보이는 것이 참 많았지. 거기서 내려다보니 돌고래는 훨씬 더 녹색을 띠고 있었다. 줄무늬랑 보랏빛 반점까지 보였다. 그리고 고기 떼가 온통 헤엄쳐 가는 것도 보였다.

그런데 어두운 조류를 타고 돌아다니는, 동작이 빠른 고기의 등이 모두 보랏빛인 데다가 대개는 보랏빛 줄무늬와 반점이 있는 이유는 무엇일까? 물론 돌고래는 사실상 금빛이기 때문에 초록으로 보일 것이다. 그러나 정말 배가 고파서 먹이를 잡아먹을 때는 청새치처럼 양쪽 배때기에 보랏빛 줄무늬가 생긴다. 그런 무늬가 생기는 것은 화가 났기 때문일까. 아니면 속력을 내려는 때문일까.

날이 저물 무렵이었다. 배는 섬처럼 부풀어 오른 해초 옆을 지나갔다. 해초는 변덕스러운 파도에 시달리면서 표류하고 있었다. 마치 바다가 누런 담요 밑에서 무엇인가와 사랑을 하고 있는 것처럼 보였다. 그때 작은 줄에 돌고래가 물렸다. 갑자기 물 위로 튀어 올라왔기 때문에 금방 알 수 있었다. 비늘이 석양빛으로 물들어 금색으로 빛나면서 엎치락뒤치락 사납게 날뛰었다. 고기는 계속해서 몇 번이나 뛰어올랐다. 공포의 곡예였다. 노인은 고물 쪽으로 기어갔다. 그곳에 웅크리고 앉아서 큰 낚싯줄을 오른손과 팔로 잡으면서 왼손으로 돌고래가 걸린 다른 쪽 줄을 잡아당겼다. 끌어당길 때마다 당겨진 줄은 왼발로 눌렀다. 겨우 고기를 고물 가까이로 끌어들였다. 고기는 필사적으로 이리저리 뒤척이면서 날뛰었다. 노인은 고물 너머로 몸을 내밀고 보랏빛 반점이 있는, 금빛으로 번쩍거리는 고기를 배 안으로 끌어올렸다. 낚시를 깨물어 끊으려는 듯 고기의 턱이 발작적으로 떨리고 있었다. 길고 평평하게 누운 고기는 머리와 꼬리로 동시에 배 바닥을 마구 두들겨댔다. 노인은 번쩍번쩍 빛나는 대가리를 몇 번이고 곤봉으로 내리쳤다.

마침내 고기는 부르르 떨면서 경련을 일으키더니 조용해지고 말았다.

노인은 고기 주둥이에서 낚시를 빼고 다시 한번 정어리 미끼를 달아서 물에 던졌다. 그리고 천천히 고물 쪽으로 기어갔다. 왼손을 씻고 바지에 닦았다. 오른손의 큰 줄을 왼손으로 옮겨 쥐고 이번에는 오른손을 바닷물에 씻었다. 이제 노인은 태양이 바닷속으로 가라앉는 것과 큰 줄이 비스듬히 경사져 있는 모양을 유심히 지켜보았다.

"저놈은 조금도 지친 것 같지가 않은데."

노인은 말했다. 그러나 손에 닿는 물의 움직임을 찬찬히 보니 눈에 띌 정도로 속도가 느려진 것을 알 수 있었다.

"고물에다 노를 두 개 다 매어두어야겠다. 그러면 밤사이에 상당히 속력이 떨어지겠지."

노인은 다시 입을 열었다.

"이놈은 밤이 되면 기운이 생기나 보군. 하기는 나도 그렇지만 말야."

돌고래 살 속의 피를 간직하려면 조금 후에 배를 갈라 내장을 빼내는 게 좋겠는데, 하고 노인은 생각했다. 조금 있다가 그 일도 하고 고기가 끌기 힘들도록 노도 매어야겠다. 지금은 해 질 무렵이니까 고기를 조용히 내버려둬야지. 성가시게 굴지 말아야겠다. 해 질 무렵이면 어떤 고기든 다루기 힘들 테니까 말이야.

노인은 바람에 손을 말렸다. 그리고 낚싯줄을 잡고 될 수 있는 대로 편안한 자세로 뱃전에 몸을 기대고 고기가 끄는 대로 끌려갔다. 그렇게 하노라면 자신의 노력을, 아니 그 이상을 배가 떠맡아주기 때문이었다.

이제 요령이 생기는군, 하고 노인은 생각했다. 어쨌든 이런 방법으로 해나가면 되는 거야. 그렇다, 저놈은 미끼를 물었을 때부터 아직 아무것도 먹지 않았다. 저런 덩치를 보면 여간 많이 먹지 않을 텐데 말이야. 나는 다랑어 한 마리를 고스란히 먹었어. 내일은 돌고래 요리를 먹을 차례다. 그는 돌고래를 스페인 말로 '도라도'라고 불렀다. 이놈의 내장을 빼낼 때 조금만 먹어둬야겠다. 그야 다랑어보다는 먹기가 어려울 테지. 하지만 그렇게 생각한다면 이 세상에 쉬운 일이 어디 있겠나.

"여보게, 고기 친구. 자넨 지금 기분이 어떤가?"

노인은 큰 목소리로 고기에게 또 말을 걸었다.

"나는 괜찮다네. 왼손도 좋아지고 오늘 밤과 내일 낮 동안의 양식도 준비가 되고 말일세. 자, 고기 친구, 배나 끌게나."

사실 노인은 아무렇지도 않은 것이 아니었다. 등에 메고 있는 줄은 통증을 넘어서서 등을 거의 무감각하게 만들었다. 노인은 그렇게 되리라는 것을 알고는 있었다. 하지만 좀 전에는 더 심하지 않았는가, 하고 노인은 생각했다. 내 오른손의 상처는 약간 긁힌 정도에 지나지 않고 왼손의 쥐도 풀렸겠다, 다리는 끄떡없이 튼튼하고, 게다가 식량 사정은 저놈보다 내가 훨씬 더 유리하고 말이야.

9월이면 해가 지자마자 바다는 이내 어두워진다. 노인은 낡은 뱃전에 몸을 기대고 될 수 있는 대로 편안한 자세로 휴식을 취했다. 첫 별이 나타났다. 노인은 리겔이라는 이름은 알지 못했으나 그 별을 볼 수 있었고, 또한 곧 뭇별들이 나타나리라는 것도, 더욱더 먼 곳의 친구들과도 만나게 되리라는 것도 알았다.

"고기도 내 친구이긴 해."

노인은 큰 소리로 말했다.

"나는 이런 고기는 본 일도 들은 일도 없다. 하지만 나는 저놈을 죽여야만 해. 별들은 죽이지 않아도 되니 다행이야."

날마다 사람이 달을 죽이려고 아등바등 애를 써야 한다고 상상해보란 말이다, 하고 노인은 마음속으로 생각했다. 달은 달아나고 말 것이다. 또 그뿐만 아니라, 우리가 날마다 태양을 죽이려고 애를 쓴다고 상상해보아라. 그렇게 타고나지 않은 게 정말 다행이지. 노인은 또 마음속으로 생각했다.

여기에 생각이 미치자 아무것도 먹지 못한 큰 고기가 어쩐지 불쌍하게 여겨졌다. 그러나 큰 고기를 죽이겠다는 마음은 결코 연민의 정에 굴복하지 않았다. 저놈을 잡으면 얼마나 많은 사람의 배를 채울 수 있겠는가 말이다, 하고 노인은 생각했다. 그러나 인간들은 저것을 먹을 만한 자격이 있을까? 아니다, 물론 자격이 없다. 저렇게도 당당한 거동, 저 위엄. 저놈을 먹을 자격이 있는 사람은 한 사람도 없을 게다.

노인은 이런 일들에 생각이 미치자 뭐가 뭔지 알 수가 없었다. 그러나 태양이나 달이나 별들을 죽이려고 애쓰지 않아도 괜찮다는 것은 다행한 일이다. 바다에서 살아가면서 우리의 진정한 형제들을 죽이는 것만으로 충분하다.

자, 이제는 고기의 힘을 빼는 일에 대해서만 생각하면 되는 거다, 하고 노인은 생각했다. 물론 좋은 점도 있고 나쁜 점도 있는 일이다. 이대로 노를 배에 묶어두고 배의 속력을 떨어뜨린다면, 저놈이 마지막 힘을 내서 질주할 때 나는 자꾸만 줄을 풀어주어야만 한다. 그렇게 되는 날엔 혹시 고기를 놓치게 될지도 모르는 일이다. 또 그렇다고 해서 배를 가볍게 해둔다면 서로의 고통을 연장하는 것밖에는 되지 않는다. 그러나 저놈은 터무니없을 만큼 대단한 속력을 가지고 있기 때문에 나로서도 안전하다. 어떤 일이 있든, 돌고래가 상하지 않도록 내장을 빼내고 힘이 나도록 조금 먹어두는 것이 좋겠다.

그러나 저놈이 아직 힘을 잃지 않고 버텨가는 동안에는 지금 자세로 한 시간쯤 휴식을 취해야겠다. 고물 쪽으로 가서 일하는 것은 그다음에 해도 괜찮겠지. 그리고 결정을 내려야겠다. 그러는 동안에 고기가 어떻게 나올 것이며 어떤 변화를 일으키게 될지를 알 수 있을 게다. 노를 배에다 잡아 매둔 것은 좋은 계략이었다. 하지만 이제 차츰 안전제일을 생각해야 할 때가 온다. 아무튼 저놈은 거물이다. 주둥이 한쪽 구석에 낚싯바늘을 꽂은 채 입을 꽉 다물고 있는 것을 나는 직접 이 눈으로 보았다. 낚싯바늘에 걸린 벌은 아무것도 아니겠지만, 배고픔이라든가 또 저놈이 자신도 알 수 없는 그 무엇과 싸우고 있다는 사실을 의식하는 것도 큰 문제다. 이 늙은이야, 지금은 좀 푹 쉬어두게나. 그리고 다음 일을 할 때까지는 저놈을 자유롭게 날뛰도록 내버려두게나.

노인은 휴식을 취했다. 두 시간은 족히 되는 듯했다.

늦도록 달이 떠오르지 않았기 때문에 시간을 알 길이 없었다. 게다가 노인은 다른 때보다 편안히 있었다는 것이지 온전히 쉰 것은 아니었다. 노인은 여전히 어깨 위에 고기가 끌고 가는 힘을 느끼면서 버텨냈다. 노인은 왼손으로 이물의 뱃전을 잡고 가급적이면 고기에 대한 저항력을 배 자체에 떠맡기려고 애를 썼다.

만일 줄을 고정시킬 수 있다면 얼마나 일이 간단할까, 하고 노인은 생각했다. 하지만 저놈이 별안간 물속으로 뛰어드는 날엔 줄이 단번에 끊어져버릴 것이다. 고기가 잡아당기는 힘을 내 몸으로 조절해서 언제든지 두 손으로 줄을 풀어줄 준비가 되어 있어야 한다.

"하지만, 늙은이 보게나, 자네는 어제부터 잠깐도 눈을 못 붙이지 않았는가 말이야."

노인은 자기에게 큰 소리로 말했다.

"그 후 반나절과 하룻밤, 게다가 또 하루가 지났는데도 잠을 자지 못했단 말이야. 고기놈이 조용하게 있는 동안에 어떻게 해서든 잠을 자도록 하는 것이 좋을 게야. 잠을 자지 않으면 머리가 흐리멍덩해질 테니까 말이야."

노인은 자신의 머릿속이 맑다고 생각했다. 너무나 맑다고 생각했다. 우리의 형제뻘이 되는 별처럼 맑다고 생각했다. 그러나 잠은 역시 자두어야만 한다. 별도 자지 않는가 말이다. 달도 자고 해도 잠을 자지 않느냔 말이다. 조류(潮流)가 시끄럽지 않고 거울처럼 조용한 날이면 대양(大洋)도 잠을 잔다.

그러니까 잠을 자둘 것을 잊지 않아야 한다고 노인은 자신에게 타일렀다. 억지로라도 잠을 자고, 낚싯줄에 대해서는 확실한 무슨 방법을 강구하면 된다. 자, 되돌아가서 돌고래나 요리해라. 잠을 잔다면 고물에다 노를 매어두는 것은 너무나 위험하다.

"아니야, 나는 잠을 안 자고도 견뎌낼 수 있어."

노인은 혼잣말을 했다. 그러나 이것은 너무나 위험한 노릇이다.

노인은 고기에게 갑작스러운 충격을 주지 않으려고 손과 무릎으로 조심스럽게 기어 고물 쪽으로 돌아갔다. 어쩌면 저 고기놈도 반쯤 자고 있는지도 모를 일이다, 라고 노인은 생각했다. 그놈에게 잠을 자게 해서도 안 되겠다. 그놈은 죽을 때까지 배를 끌게 해야 한다.

고물 쪽으로 되돌아가서는 어깨에 걸려 있는 줄이 당기는 힘을 왼손으로 지탱하며 몸을 돌렸다. 그리고 오른손으로 칼을 꺼냈다. 어느 사이엔지 하늘에는 별이 총총히 나와 있었다. 그래서 돌고래를 똑똑히 볼 수 있었다. 노인은 칼을 돌고래 머리에 꽂고 고물 밑창에서 끌어냈다. 발로 고기를 누르고 항문에서 아래턱까지 단칼에 잘랐다. 그리고 칼을 놓고는 오른손으로 내장을 빼냈다. 더러운 것을 깨끗이 긁어내고 아가미도 모두 뜯어냈다. 그놈의 위가 무겁게 느껴지고 미끈거렸다. 갈라 보니 날치 두 마리가 그 안에 들어 있었다. 아직 싱싱하고 살도 단단했다. 노인은 그것을 옆에 가지런히 놓고 돌고래의 내장과 아가미를 뱃전 너머로 던져버렸다. 그것들은 인광을 발하면서 길게 꼬리를 늘어뜨리고 바닷물 깊숙이 가라앉았다. 돌고래는 이제 차디찼으며, 별빛 아래서 백회색으로 빛났다. 노인은 오른발로 고기의 대가리를 누르고 한쪽 옆구리의 껍질을 벗겼다. 그리고 고기를 뒤집어 반대쪽 껍질을 벗기고 머리에서 꽁지까지 칼질을 해나갔다.

노인은 돌고래 뼈를 물속에 던져버리고 소용돌이가 이는지 지켜보았다. 그러나 단지 희미한 빛을 내면서 천천히 가라앉는 것이 보일 따름이었다. 노인은 몸을 돌려 두 쪽의 고깃점 사이에 날치 두 마리를 끼우고, 칼을 칼집에 넣고 천천히 뱃머리 쪽으로 되돌아왔다.

그의 등은 어깨를 가로지른 줄의 무게 때문에 구부러졌고, 오른손에는 고기가 들려 있었다.

노인은 이물로 되돌아와서 돌고래의 고깃점을 나무판자 위에 가지런히 놓고 그 곁에 날치를 내려놓았다. 그러고 나서 어깨에 메었던 줄의 위치를 바꿔 뱃전에 얹었던 왼손으로 다시 꽉 움켜잡았다. 노인은 뱃전 너머로 몸을 기울이고 날치를 씻으면서 손에 느껴지는 물의 압력을 주의 깊게 살폈다. 돌고래의 껍질을 벗긴 손이 인광을 내고 있었다. 노인은 손에 와 닿는 물결을 지켜보았다. 물결의 속도가 전보다 떨어진 것을 알 수 있었다. 배의 널빤지에 손을 문지르자 반짝이던 껍질이 떨어져서 고물 쪽으로 천천히 흘러갔다.

"저 친구도 아마 지쳤거나 아니면 휴식을 취하고 있는 걸 게야."

노인은 중얼거렸다.

"자, 그럼 나도 이 돌고래나 먹고 한숨 자기로 할까."

별빛 아래 점점 더해가는 밤의 냉기를 피부로 느끼면서 노인은 돌고래의 얇은 고깃점을 반쯤 먹고, 내장과 머리를 버린 날치도 한 마리 다 먹었다.

"돌고래는 제대로 요리해서 먹으면 정말 맛있는 생선인데 말이야."

노인은 말했다.

"그런데 생으로 먹으면 정말 형편없거든. 다음에는 반드시 소금이나 라임을 가지고 배에 타야지."

조금만 머리를 써서 고물 쪽 널빤지에 바닷물을 뿌려두었더라면 그것이 말라 소금이 될 수도 있었을 텐데, 하고 노인은 생각했다. 그러나 내가 돌고래를 낚아 올린 것은 거의 해가 진 다음이었지. 하지만 준비 부족이랄 수밖에 없어. 고기를 모두 잘 씹어서 먹었더니 구역질은 나지 않는군.

동쪽 하늘에 구름이 점점 몰려들면서 노인이 알던 별이 하나둘 없어졌다. 마치 거대한 구름의 골짜기 속으로 배를 타고 나가는 것 같았다. 바람은 완전히 멈췄다.

"사나흘 지나면 날씨가 나빠지겠는데. 그러나 오늘 밤이나 내일은 괜찮을 게야. 자, 늙은이, 고기가 조용하고 얌전히 있을 동안에 잠이나 한잠 자두도록 하게나."

노인은 오른손으로 줄을 꽉 잡은 채 그 위를 허벅다리로 힘껏 누르고 온몸의 무게를 이물에다 떠맡기듯이 누웠다. 그리고 어깨의 줄을 약간 늦추고 그 위에 왼손을 얹어 줄을 단단히 눌렀다.

줄이 팽팽하게 죄어져 있는 동안에는 오른손이 줄을 잡을 수 있을 것이다, 하고 노인은 마음속으로 생각했다. 그리고 자는 동안에 줄이 당겨지면 줄이 풀려나가면서 당장 왼손에 울려서 눈을 뜨게 될 것이다. 허벅다리 밑의 오른손이 약간 힘들 뿐이다. 그러나 오른손은 시달리는 데 길이 들어버렸다. 20분이나 반 시간 정도만 잠을 자도 좋아질 것이다. 노인은 몸 전체의 무게를 오른손에 걸고 낚싯줄에 기대어 앞으로 웅크린 자세로 잠이 들었다.

노인은 사자 꿈을 꾸는 대신 13킬로미터에서 16킬로미터가량 뻗어나갈 만큼 큰 무리를 이룬 돌고래를 꿈에 보았다. 아마도 돌고래의 교미기였던 모양이었다. 돌고래들은 하늘로 높이 뛰어올랐다가 이상하게도 똑같은 구멍으로 떨어지곤 했다. 그 구멍은 그들이 물에서 뛰어오를 때 생긴 구멍 같기도 했다.

그리고 계속 꿈을 꾸었는데, 노인은 마을의 자기 침대에 누워 있었다. 북풍이 불어닥치고 몹시 추웠다. 꿈속에서는 오른팔을 베개 대신 베고 잤기 때문에 오른팔이 저렸다.

그 후 노인은 황금색으로 빛나는 긴 바닷가의 꿈을 꾸었다. 사자 몇 마리가 이른 새벽 어두컴컴한 바닷가로 내려오는 것을 보았다. 이윽고 다른 사자들도 나타나기 시작했다. 노인은 이물의 나무 널빤지에 턱을 괴었다. 그곳에 닻을 내린 채 배는 육지에서 불어오는 미풍을 받고 있었다. 그는 더 많은 사자가 나타날까 하고 기다렸다. 그리고 그는 행복했다.

달이 뜬 지 이미 오래되었으나 노인은 여전히 자고 있었다. 고기는 계속 유유히 줄을 끌고 헤엄쳤다. 배는 구름의 터널 속으로 미끄러져 갔다.

노인은 갑자기 눈을 떴다. 오른손 주먹이 홱 잡아당겨지면서 얼굴을 치고 오른손 바닥을 불태우듯이 줄이 풀려나갔다. 왼손에는 아무런 감각이 없었다. 노인은 오른손에 온 힘을 집중해서 줄을 견제하려 했다. 그러나 줄은 무서운 속도로 풀려나갔다. 드디어 왼손도 줄을 찾아서 잡았다. 노인은 줄을 등에 맸다. 그러자 등과 왼손이 화끈 달아오르는 것처럼 뜨거워졌다. 있는 힘을 다해서 줄을 잡는 바람에 왼손을 심하게 베었다. 노인은 감아놓은 여분의 줄을 돌아보았다. 그 줄도 순조롭게 풀려나가고 있었다. 그때였다. 고기가 요란한 소리를 내면서 물 위로 뛰어올랐다. 그리고 다시 첨벙하는 소리와 함께 물속으로 떨어졌다. 그 후에도 고기는 몇 번씩이나 뛰어오르면서 날뛰었다. 줄은 여전히 풀려나가고, 배는 무서운 힘으로 이리저리 끌려다녔다. 노인은 줄이 끊어지려는 순간까지 아슬아슬하게 팽팽하게 잡아당겼다가는 놓기를 몇 번이나 되풀이했다. 노인은 배의 이물 쪽에 바싹 끌려가서는 잘라놓은 돌고래의 고깃점 위에 얼굴을 짓눌린 채 꼼짝하지 못하게 되었다.

이렇게 되기를 기다렸던 거야, 하고 노인은 생각했다. 자, 이젠 사태를 받아들여야지.

저놈에게 낚싯줄값을 치르게 해야겠구나, 하고 노인은 또 생각했다.

노인은 고기가 뛰어오르는 모습을 볼 수는 없었다. 다만 바다가 갈라지는 소리와 고기가 물속으로 떨어질 때 철썩하는 소리만이 들려올 뿐이었다. 줄이 풀려나가는 속도 때문에 손이 몹시 상했다. 그러나 예상한 바였다. 노인은 감각이 무뎌진 부분에는 상처가 나도록 내버려두었다. 줄이 손바닥의 부드러운 곳을 파고들지 않도록, 또 손가락을 상하게 하지 않도록 주의했다.

소년이 있었더라면 감아둔 낚싯줄에 물을 축여줄 텐데, 하고 노인은 생각했다. 그렇구말구. 소년이 있어주었다면.

줄은 계속 풀려나갔으나 속도는 점점 떨어졌다. 노인은 고기가 한 치라도 줄을 끌고 나가는 데 힘이 들게 했다. 이제 노인은 나무에서 머리를 들고 뺨 밑에 짓눌려 있던 고깃점에서 얼굴을 뗴었다. 이윽고 노인은 무릎을 세우고 천천히 일어섰다. 노인은 줄을 풀어주기는 했지만, 아주 천천히 풀어준 셈이었다. 노인은 발로 더듬어가면서 낚싯줄 감아놓은 데로 되돌아갔다. 아직도 줄의 여유는 많았다. 이제 고기는 물속으로 풀려나간 새로운 줄의 무게를 모두 감당하면서 배를 끌어야만 했다.

그렇지, 하고 노인은 생각했다. 저놈은 이제 10여 번이나 물 위로 뛰어오르면서 부레에 공기를 가득 채웠단 말이다. 그러니 저놈이 내가 끌어올릴 수 없는 깊은 곳에 가라앉아서 죽을 수는 없게 되었다. 저놈은 이제 곧 선회하기 시작할 테지. 그렇게 되면 손을 좀 쓰도록 해야지. 그런데 왜 저놈이 이렇게 날뛰었을까? 배가 고파져서 자포자기한 것일까? 혹은 밤사이에 뭔가에 겁을 집어먹었나? 겁을 집어먹은 것은 틀림없을 게야. 그러나 저놈은 침착하고 힘센 고기다. 공포 따위는 느낄 리가 없고 자신만만할 텐데 말이야. 이상한 일이로군.

"이보게, 늙은이. 자네도 두려워할 것은 아무것도 없으니 자신을 가지면 되는 거야."

노인은 말했다.

"고기는 자네가 쥐고 있긴 하지만 줄을 잡아당기지는 못할 거야. 하지만 저놈은 곧 빙글빙글 돌기 시작하겠지."

이번에는 노인은 왼손과 어깨로 고기를 다루면서 살며시 엎드려 오른손으로 물을 떠서 얼굴에 붙은 돌고래의 살점을 씻어냈다. 그대로 두었다가는 구역질이 나서 기운이 빠져버릴까 두려웠다. 노인은 얼굴을 씻고 난 후 이번에는 오른손을 뱃전 너머로 내밀고 씻었다. 그리고 짜디짠 바닷물 속에 손을 그대로 담근 채 허옇게 동이 터 오는 동쪽 하늘을 지켜보았다. 고기놈은 동쪽을 향하고 있군, 하고 노인은 생각했다. 놈이 지쳐버린 증거다. 조류와 함께 떠내려가는 것을 보니 말이야. 이제 저놈이 곧 빙글빙글 돌기 시작할 테지. 그렇게 되면 그때부터 우리의 일도 시작되는 거다.

아주 오랫동안 오른손을 물속에 담그고 있었다고 생각했을 때, 노인은 손을 들어 올려서 유심히 바라보았다.

"대단찮군, 사나이에게 아픈 것이 문제가 되어서야 쓰나?"

노인은 새로 다친 부분에 낚싯줄이 닿지 않도록 조심해서 줄을 쥐고는 고기의 무게를 옮기고, 이번에는 반대편 뱃전 너머로 왼손을 바닷물 속에 담갔다.

"값없는 일을 하느라 이렇게 심하게 다친 건 아니니까 말이야."

노인은 왼손에게 말했다.

"하지만 자네를 도무지 찾을 수 없을 때가 있었다니까."

왜 나는 두 손을 다 잘 쓸 수 있도록 태어나지 못했을까? 하고 노인은 생각했다. 왼손을 제대로 훈련하지 못한 건 내 잘못이니까. 정말 배울 기회는 충분히 있었다. 그러나 간밤에는 그리 서투르지도 않았고 쥐도 한 번밖에 나지 않았어. 그리고 만일 다시 쥐가 난다면 낚싯줄에 손이 끊어지도록 내버려두겠다.

이렇게 생각하면서도 노인은 자기의 머리가 맑지 않다는 것을 알고, 돌고래라도 좀 더 씹어야겠다고 마음먹었다. 그러나 할 수 없는 노릇이라고 노인은 혼잣말을 했다. 구역질하느라 기운이 빠져버리는 것보다는 머리가 흐리멍덩해지는 편이 더 나을 것 같다. 그리고 그 고깃점 속에다 얼굴을 처박고 있었으니, 먹는다고 하더라도 삭이지 못할 것이었다. 상할 때까지 응급용으로 간직해두기로 하자. 그러나 이제는 영양분을 섭취해서 기운을 찾기에는 때가 너무 늦은 것 같다. 넌 바보다, 하고 노인은 혼잣말을 지껄였다. 남은 날치라도 먹어보지그래.

언제라도 먹을 수 있게끔, 깨끗한 날치는 그곳에 놓여 있었다. 노인은 왼손으로 날치를 입에 넣고 씹었다. 뼈째 깨물어가면서 꼬리 있는 데까지 모조리 다 먹어 치웠다.

날치란 놈은 어떤 고기보다도 영양가가 있는 놈이란 말이야, 하고 노인은 생각했다. 적어도 내게 필요한 자양분 정도는 고기가 줄 것이다. 이제 내가 할 수 있는 일은 다 한 셈이지, 하고 그는 또 생각했다. 그리고 이제는 고기가 빙빙 돌도록 만들어야만 하고, 싸움이 시작되도록 해야 한다.

고기가 선회를 시작했을 때, 노인이 바다에 나온 이후 세 번째의 태양이 솟아올랐다.

기울어진 줄의 각도로는 고기가 선회하고 있는지 알 수 없었다. 빨리 선회하기 시작한 셈이었다. 그러나 노인은 갑자기 줄이 당기는 힘이 줄어든 것을 느끼고 오른손으로 천천히 잡아당겼다. 줄은 여전히 팽팽했다. 그러나 금세 끊어질 것 같은 지점까지 왔을 때, 줄은 갑자기 끌려 들어오기 시작했다. 노인은 어깨와 머리를 줄에서 빼고는 천천히 규칙적으로 잡아당겼다. 노인은 두 손을 젓는 듯한 동작으로 될 수 있는 대로 몸과 다리에다 끄는 힘을 맡겼다. 노인의 늙은 다리와 어깨가 이 동작의 추축(樞軸)이 되는 셈이었다.
"굉장히 크게 돌고 있군. 그러나 저놈이 회전하고 있는 게 틀림없어."
노인은 말했다.
이윽고 줄이 더는 당겨지지 않는 순간이 왔다. 노인은 다만 줄을 꽉 움켜쥔 채 물방울이 줄에서 퉁겨나면서 아침 햇살을 받아 반짝이는 것을 물끄러미 바라다보았다. 그때였다. 갑자기 다시 세차게 손에서 줄이 풀려나가기 시작했다. 노인은 무릎을 꿇고 어두운 물속으로 줄이 끌려가는 것을 아까운 듯이 바라다보았다.
"저놈이 지금 원의 가장 먼 쪽을 돌고 있는 게로구나."
노인이 중얼거렸다. 내 힘이 닿는 한 줄을 꽉 잡아당기고 있어야겠다, 하고 노인은 생각했다. 내가 세게 잡아당길 때마다 고기가 그리는 원은 작아지겠지. 그리고 한 시간 안에 나는 저놈의 고기를 볼 수 있게 될 게다. 이젠 저놈의 운명을 알려주고 꼭 죽여야만 한다.
그러나 고기는 여전히 유유하게 선회했으며, 노인의 몸은 땀으로 흠뻑 젖었다. 두 시간 후에는 피로가 뼛속까지 스며들어왔다. 그러나 고기가 그리는 원은 훨씬 더 작아졌다. 줄의 경사진 각도로 보아서 고기가 조금씩 수면으로 올라온다는 사실도 알 수 있었다.
한 시간 동안 노인은 눈앞에서 검은 반점이 어른거리는 것을 보았다. 흐르는 땀 때문에 눈이 따가웠고 또한 눈 위와 앞이마의 상처가 쓰렸다. 노인은 검은 반점을 두려워하지 않았다. 그가 줄을 힘껏 잡아당길 적마다 으레 일어나는 현상이었다. 그러나 노인은 두 번씩이나 눈앞이 아찔한 현기증을 느꼈다. 이 현기증이 노인에게는 걱정거리였다.

"이런 꼴로 고기와 함께 죽을 수는 없다."

노인은 말했다.

"이제 곧 저 아름다운 놈을 볼 수 있게 되었으니, 제발 하느님, 견뎌낼 수 있는 힘을 주소서. 주기도문을 백 번 외고, 성모송을 백 번씩이라도 외겠습니다. 그러나 지금은 외지 못할 것 같습니다."

외운 걸로 해두자, 하고 노인은 생각했다.

"나중에 외울 테니까."

그때 갑자기 노인이 두 손으로 꽉 움켜잡고 있던 줄이 지금까지 느끼지 못한 강한 힘으로 왈칵 당겨졌다. 그 힘은 세차고 맹렬하며 무거웠다.

저놈이 창처럼 생긴 주둥이로 철사로 된 목줄을 친 게로구나. 그렇구말구, 그렇게 나올 줄 알았다니까. 그렇게 하지 않을 수가 없었을 테지. 하지만 그 때문에 뛰어오르게 될지도 모른다. 지금으로서는 그냥 그대로 빙빙 돌기나 해줬으면 좋겠는걸. 조금 전에 뛰어오른 것은 공기를 넣기 위해서였겠지. 그러나 지금부터는 저놈이 뛰어오를 때마다 낚싯바늘이 박힌 상처가 커질지도 모르고, 또 그렇게 되면 낚싯바늘이 빠져나갈 염려도 있다.

"뛰어오르지 말아라, 고기야. 뛰지 마라."

노인은 말했다.

고기는 그 후에도 대여섯 번이나 철사를 때렸다. 그리고 고기가 머리를 흔들 적마다 노인은 줄을 조금씩 풀어주었다.

저놈의 고통이 더 심해지지 않도록 막아주어야겠는데, 하고 노인은 생각했다. 나의 고통은 문제가 아니다. 나는 참을 수 있지만 저놈은 고통 때문에 얼마나 사납게 날뛸지 모른다.

한참이 지나자 이제 고기는 철사에 부딪치지 않고 천천히 맴을 돌기 시작했다. 노인은 꾸준히 줄을 끌어들였다. 그러나 또다시 현기증이 났다. 노인은 왼손으로 바닷물을 떠서 머리를 적셨다. 두세 번 그렇게 하고 나서 목덜미를 축이고 문질렀다.

"이제 쥐는 안 나는군."

노인은 말했다.

"곧 저놈의 고기도 올라오겠지. 나는 마지막까지 견딜 수 있단다. 그러니까 너도 끝까지 견뎌야만 한다. 그건 말할 필요도 없는 일이야."

노인은 이물에 무릎을 꿇고 잠깐 다시 줄을 등에 걸쳤다. 고기가 먼 곳을 도는 동안 쉬기로 하자. 그리고 가까이 다가오면 그놈과 싸우자, 하고 노인은 결심했다.

이물 쪽에서 휴식을 취하면서 줄을 감아 들이지 않고 고기가 제멋대로 한 바퀴 돌도록 내버려두고 싶은 생각이 간절했다. 그러나 줄의 팽팽한 정도로 고기가 배를 향해서 다가오고 있음을 알았다.

그런 기미를 알아차린 노인은 자리에서 벌떡 일어나 자신의 몸을 회전의 축으로 삼고 베를 짜듯이 고기가 끌고 갔던 줄을 계속 감아들였다.

이렇게 피곤하다니 전에 없던 일인걸, 하고 노인은 생각했다. 무역풍이 불어오는군. 한데 이 바람은 고기를 사로잡는 데 안성맞춤이란 말이야. 몹시 기다리던 바람이지.

"저놈의 고기가 다음번 돌기 시작하거든 쉬어야겠다."

노인은 중얼거렸다.

"기분도 훨씬 더 좋아졌어. 이대로 간다면, 저놈이 두세 바퀴만 더 돌아주면 사로잡을 수 있겠는데."

노인의 밀짚모자는 머리 뒤쪽으로 젖혀져 있었다. 그는 이물 쪽에 털썩 주저앉아서 줄을 꽉 움켜잡은 채 원을 그리며 도는 고기의 동작을 느끼고 있었다.

여전히 일을 계속하고 계시는군, 고기님은, 하고 노인은 생각했다. 네가 돌고 있을 때 너를 잡아야겠어.

파도가 꽤 일고 있었다. 그러나 이 바람은 제철에 맞게 부는 바람이다. 노인이 돌아가려면 이 바람이 꼭 필요했다.

"배를 남서로 돌려야겠군."

노인이 말했다.

"바다에선 길을 잃어버릴 까닭이 없지. 쿠바는 길쭉한 섬이니까 말이야."

노인이 처음으로 고기의 모습을 본 것은 고기가 세 번째로 선회

할 때였다.

처음 배 밑을 지나갈 때 본 고기는 그 길이가 도저히 믿을 수 없을 만큼 길었다. 마치 어두운 그림자처럼 보였다.

"아니야, 이렇게까지 클 리가 없어."

노인은 말했다.

그러나 사실 고기는 그렇게 컸다. 세 번째 선회가 끝날 무렵 고기는 배에서 약 30미터 떨어진 수면 위에 그 모습을 나타냈다. 노인은 물 위로 솟아 올라온 그놈의 꼬리를 보았다. 큰 낫의 날보다도 더 긴 그 꼬리는 짙고 푸른 물 위에 엷은 보랏빛으로 솟아올랐다. 그 꼬리는 약간 뒤로 비스듬히 기울어 있었다. 고기가 수면 바로 밑을 헤엄쳤기 때문에 노인은 그 거대한 몸뚱이와 띠를 두른 것 같은 자색의 줄무늬를 볼 수 있었다. 등지느러미는 아래로 늘어졌고 커다란 가슴지느러미는 좌우로 활짝 펴졌다.

그리고 이번 선회에서 노인은 고기의 눈을 똑똑히 바라볼 수 있었다. 게다가 작은 상어 두 마리가 바짝 붙어서 헤엄치는 것이 보였다. 이들 상어는 어떤 때는 고기에 찰싹 붙기도 하고 또 어떤 때는 떨어져 나오기도 하면서 헤엄쳤다. 그리고 또 어떤 때는 큰 고기의 그늘 속으로 휙 들어가버리기도 했다. 상어들은 둘 다 길이가 1미터나 되었으며 헤엄칠 때는 마치 뱀장어처럼 전신을 굽이쳤다.

노인은 구슬 같은 땀을 흘렸다. 태양의 열기 때문만은 아니었다. 고기가 매번 조용하게 돌 때마다 노인은 줄을 끌어당겼다. 이제 두 바퀴만 더 돌면 작살을 꽂을 기회가 오겠지, 하고 노인은 믿었다.

그러나 나는 저놈을 가까이, 아주 가까이 끌어와야만 한다, 하고 마음속으로 생각했다. 머리를 노릴 것이 아니라, 심장을 정통으로 찔러야 한다.

"이 늙은이야, 침착하고 기운을 내란 말이야."

노인은 말했다.

다음번 원을 그릴 때 고기는 등을 수면 위로 내밀었지만 아직 배에서는 멀었다. 다음 선회 때도 역시 거리는 멀었다. 그러나 고기의 몸뚱이는 제법 물 위로 올라왔다. 줄을 조금만 더 끌어들이면 고기를 배와 나란하게 할 수 있다는 것을 알았다.

노인은 벌써 오래전부터 작살을 준비해놓았다. 작살에 맨 가는 줄을 둘둘 감아서 동그란 광주리에 넣어두었다. 그리고 그 끝을 이물의 말뚝에 매어두었다.

고기는 맴을 돌면서 점점 더 가까이 다가왔다. 조용하고도 아름다운 모습이었다. 커다란 꼬리만이 움직였다. 노인은 있는 힘을 다해서 고기를 가까이 끌어들이려고 애를 썼다. 그 순간 고기는 기우뚱하면서 배를 드러냈으나 이내 다시 기운을 차리고 원을 그리며 돌기 시작했다.

"내가 저놈을 움직였다. 마침내 나는 저놈을 움직였군."

노인이 큰 소리로 말했다.

그러나 바로 그때 노인은 또다시 현기증을 느꼈다. 하지만 전력을 다해서 매달리듯 고기를 잡고 늘어졌다. 내가 저놈을 움직였어, 하고 노인은 생각했다. 이번에야말로 저놈을 처치하고 말 테다. 손이여, 당겨라. 그리고 발아, 너는 끝까지 버텨라. 그리고 머리야, 너는 마지막까지 잘 견뎌주어야 한다. 알겠니, 하고 노인은 생각했다. 나를 위해서 견뎌 달라구, 나는 정신을 잃은 일은 없었으니까. 이번에야말로 바싹 끌어당기고 말 테다.

그러나 노인은 고기가 뱃전에 나란히 와 닿기도 전에 전력으로 잡아끌기 시작했다. 고기는 약간 저항하는 듯하더니 다시 전세를 가다듬고 노인에게서 도망치기 시작했다.

"기다려!"

노인은 소리를 질렀다.

"기다려, 이놈. 결국 너는 죽을 운명이니까. 아니면 네가 나를 죽이겠단 말이냐?"

그게 무슨 소용이 있단 말인가, 하고 노인은 생각했다. 입속이 너무 바싹 말라서 말이 제대로 나오지 않았다. 이제는 물병에다 손을 뻗을 기운도 없었다. 이번에는 저놈을 뱃전에 나란히 붙여버리고 말아야지, 하고 노인은 마음속에서 생각했다. 더 선회하게 되는 날엔 내가 견디지 못할 것 같구나. 아니다, 그럴 리가 없다, 하고 노인은 스스로에게 타일렀다. 나는 영원히 끄떡없을 것이다.

고기가 다시 원을 그리며 돌기 시작했을 때 고기는 거의 그의 손아귀에 들어온 것이나 같았다. 그러나 고기는 또다시 기운을 차리고 몸을 곤추세운 채 천천히 도망가버렸다.

이놈, 네가 나를 죽일 속셈이로구나, 하고 노인은 속으로 생각했다. 그러나 너에게도 그럴 권리는 있겠지. 그런데 이 친구야, 나는 지금까지 너처럼 거대하고, 너처럼 아름답고, 또 너처럼 침착하고 고결한 놈은 처음 봤구나. 자, 그럼, 이리 와서 나를 죽이려무나. 어느 편이 상대방을 죽이건 그건 내가 알 바 아니다.

안 되겠군. 머리가 혼란해지는데, 하고 노인은 생각했다. 머리를 맑게 해야 한다. 머리를 맑게 해서 어떻게 하면 사나이답게 고통을 견딜 수 있는가를 알아야 한다. 그러지 못한다면 고기나 마찬가지다, 라고 노인은 생각했다.

"정신을 차리라니까, 머리야. 정신을 바짝 차리라니까, 글쎄."

노인은 말했으나 자기 귀에도 잘 들리지 않는 목소리였다.

다시 두 번 더 원을 그렸지만 마찬가지 사태만 일어났다.

어떻게 된 일일까, 하고 노인은 생각했다. 그는 매번 거의 기절할 뻔했다.

모를 일이다. 그러나 한 번 더 해봐야지.

노인은 한 번 더 시도해보았다. 그러나 그가 고기를 뒤집었다고 생각한 순간, 또다시 의식이 아찔해지는 것을 느꼈다. 고기는 또다시 몸과 커다란 꼬리를 물 위에 세우고는 천천히 달아나버렸다.

또 한 번 해봐야지, 하고 노인은 마음속으로 맹세했다. 그러나 손은 힘이 빠져 흐느적거렸다. 그리고 현기증이 나면서 이따금 주위가 뿌옇게 흐려지곤 했다.

노인은 다시 한번 해보려고 애를 썼다. 그러나 마찬가지로군, 하고 노인은 생각했다. 노인은 시작하기도 전에 의식이 몽롱해지는 것을 느꼈다. 또 한 번 해봐야지.

노인은 남은 모든 힘을 다 짜냈다. 그리고 먼 옛날의 자부심까지 불러일으켰다. 그것으로 고기의 마지막 고통과 대결했다. 고기가 겨우 그에게 다가왔다. 천천히 그의 곁으로 헤엄쳐 다가왔다. 주둥이가 뱃전에 거의 닿을 정도였다. 배 옆을 지나쳐가는 고기는 길고 두툼하고 넓고 은색으로 반짝였으며, 물속에서 끝없이 이어지는 보랏빛 띠를 두른 듯했다.

노인은 줄을 놓고 한쪽 발로 그것을 딛고 서서 작살을 높이 치켜 들었다가 마지막 힘을 다 짜내어 고기 옆구리에 콱 꽂았다. 바로 가슴지느러미 뒷부분이었다. 그 부분이 노인의 가슴 높이만큼 물 위로 떠 올라와 있었다. 뾰족한 쇠가 고기의 살을 뚫고 들어가는 것이 느껴졌다. 노인은 덮치듯이 몸의 무게를 옮기면서 고기의 몸에 작살을 깊숙이 박았다.

고기는 죽음의 상처를 입고 갑자기 생기를 되찾은 듯했다. 이제 고기는 수면에 온몸을 드러내고 그 힘과 아름다움을 아낌없이 과시했다. 한순간 배 안에 서 있는 노인보다도 높이 하늘로 치솟았는가 하면 다음 순간에는 물속으로 자취를 감춰버렸다. 철썩하는 소리와 더불어 물보라가 노인과 배 위에 왈칵 쏟아져 내려왔다.

노인은 의식이 몽롱하고 속이 메스꺼웠고 앞이 잘 보이지 않았다. 노인은 거친 두 손으로 작살의 밧줄을 천천히 풀어주었다. 겨우 눈앞이 보이기 시작했을 때 고기는 물 위에 은색 배를 드러내고 벌렁 자빠진 채 떠 있었다. 고기의 옆구리에 비스듬히 꽂혀 불쑥 튀어나온 작살 자루가 보였다. 바다는 고기의 심장에서 뿜어나오는 피로 온통 새빨갛게 물들었다. 처음에는 1.5킬로미터가 넘는 검푸른 바다를 배경으로 큰 무리의 고기 떼가 몰려온 듯 검게 보였으나 이윽고 구름처럼 퍼져나갔다. 파도 속에서 고기는 은빛 배를 드러낸 채 조용히 표류하고 있었다.

노인은 자기가 언뜻 보았던 것을 다시 확인하려는 듯 조심스럽게 바라보았다. 이윽고 노인은 작살의 밧줄을 이물 말뚝에다 두 번 감고는 두 손으로 머리를 감쌌다.

"머리를 식혀둬야지."

노인은 이물 쪽 뱃전에 몸을 기대면서 말했다.

"나는 지쳐버린 늙은이니까. 하지만 나는 내 형제뻘 되는 고기를 죽였어. 자, 그럼 이제부터 천박한 노동을 시작해야겠군."

이제 이놈을 배와 나란히 묶을 올가미와 줄을 준비해야지, 하고 노인은 생각했다. 설사 지금 사람이 둘 있어 이놈을 배에 싣고 물이 고이면 퍼낸다고 할지라도 도저히 이 배에는 고기를 실을 수가 없다. 모든 준비를 갖추고 난 다음에 고기를 배에 잘 붙들어 매고 돛대를 세워 돛을 올리고 돌아가야만 한다.

노인은 뱃전으로 고기를 끌어당기기 시작했다. 그래서 아가미에서 입을 통해 밧줄을 꿰어서 머리를 이물에다 붙들어 매놓을 작정이었다. 이놈을 직접 똑똑히 보고 만지고 더듬어보고 싶구나, 하고 노인은 생각했다. 이놈은 내 재산이니까 말이야, 하고 생각했다. 하지만 이놈을 만져보고 싶은 것은 그 때문만은 아니다. 나는 이놈의 심장을 만져본 것과도 같으니까 말이야, 하고 노인은 또 생각했다.

그건 두 번째로 작살을 마구 찔러댔을 때였을 거야. 자, 이제야말로 이놈을 바싹 잡아당겨서 꼬리와 배에다 올가미를 하나씩 씌우고 단단히 배에다 붙들어 매어야겠구나.

"이 늙은이야, 일을 시작하지."

노인은 말했다. 그리고 물을 한 모금 마셨다.

"이제 싸움은 끝났으니 뼈 빠지게 해야 할 일만 산더미처럼 기다리고 있구나."

노인은 하늘을 쳐다보고 다시 고기를 바라보았다. 그리고 또 태양도 조심스럽게 바라보았다. 정오가 지난 지 그리 오래되지 않았군, 하고 노인은 생각했다. 무역풍이 일기 시작했다. 이젠 그물도 소용이 없다. 집으로 돌아가거든 소년과 함께 둘이서 다시 잇도록 해야겠다.

"자, 이리 온, 고기야."

노인은 고기를 향해 소리쳤다. 그러나 고기는 오지 않았다. 벌렁 누운 채 물 위에 둥둥 떠 있었다. 오히려 노인이 고기에게로 노를 저어갔다.

고기를 눈앞에 보고 그 머리를 이물에다 붙들어 매고도 노인은 고기의 크기를 믿을 수가 없었다. 그러나 노인은 작살 밧줄을 말뚝에서 풀어 고기의 아가미로 해서 턱으로 빼내고 창날처럼 뾰족한 주둥이를 한 번 감고 다시 왼쪽 아가미로 꿰어서 주둥이를 한 번 감고 그 끝을 오른쪽 아가미에서 나온 줄과 얽어매어 이물 쪽 말뚝에다 단단히 붙들어 맸다. 그리고 노인은 밧줄을 끊어 꼬리를 매려고 고물 쪽으로 갔다. 원래 자색과 은색이 섞여 있던 고기의 색깔은 순전한 은색으로 바뀌었다. 그리고 줄무늬는 꼬리와 같은 엷은 보랏빛을 띠었다. 줄무늬의 폭은 손가락을 활짝 편 사람의 손 너비만 했다. 눈은 잠망경의 반사경처럼 혹은 의식에 참석한 성직자의 눈처럼 무표정했다.

"이렇게 하지 않고서는 고기를 죽일 수 없었지."

노인은 말했다.

물을 마시고 난 노인은 한결 기분이 좋았다. 기절할 것 같지도 않으며 머리도 맑아지는 것 같았다. 이놈은 보아하니 700킬로그램은 넘을 것 같아. 어쩌면 무게가 더 나갈지도 모르지. 3분의 2만 고기로 만들어서 1킬로그램에 60센트를 받는다면 얼마나 돈이 생길까?

"계산을 하자면 연필이 있어야겠는데."

노인이 말했다. 내 머리가 또다시 이상해지나 본데. 그러나 오늘의 나는 위대한 디마지오 선수도 자랑스럽게 여길 게야. 발뒤꿈치에 신경통은 없었다. 그러나 손과 등은 정말 아팠다. 발뒤꿈치 신경통이란 무엇일까, 하고 노인은 생각했다. 우리가 알진 못하지만 어쩌면 우리에겐 그런 병이 있는지도 모른다.

노인은 고기를 고물과 이물에, 그리고 배허리에다 단단히 붙들어 맸다. 고기가 너무 컸기 때문에 또 한 척의 배를 나란히 갖다 붙인 것 같았다. 노인은 줄을 한 가닥 끊어 고기의 아래턱을 주둥이에 잡아맸다. 입이 열리지 않도록 하기 위해서였다. 그렇게 해야 배가 더 잘 달릴 수 있었다. 그 일이 끝나자 노인은 돛대를 세우고 갈고리대 막대기와 가름대를 가지고 누덕누덕 기운 돛을 세웠다. 배가 움직이기 시작했다. 노인은 고물 쪽에 반쯤 드러누워서 남서쪽을 향해 나갔다. 노인은 나침반 따위가 없어도 남서쪽이 어느 방향인지 알았다. 무역풍이 부는 데다가 돛이 끌려가는 것만 보아도 금방 알아차릴 수 있었다. 후림 낚시라도 달아서 낚싯줄을 물속에 드리워놓는 것이 좋겠다. 무언가를 먹어야 했고 또 목을 축이기 위해서라도 잡아야 했다. 그러나 후림 낚시는 찾지 못했다. 고등어도 벌써 거의 썩어버려서 못 쓰게 되었다. 노인은 할 수 없이 지나던 길에 떠 있는 누런 해초를 갈고리대로 건져 올려서 배 안에 털었다. 그러자 해초 속에 있던 잔새우들이 바닥으로 떨어졌다. 열두어 마리나 되는 듯했다. 새우들은 마치 갯벼룩처럼 팔딱팔딱 뛰었다. 노인은 엄지손가락과 둘째손가락으로 새우의 머리를 잡고 잘라 내서 껍질과 꼬리까지 잘근잘근 씹어먹었다. 그것들은 매우 작은 새우였지만 영양가가 있다는 걸 노인은 알았고 맛도 좋았다.

 물병 속에는 아직 두 모금 정도의 물이 남아 있었다. 노인은 잔새우를 먹고 나서 그 물의 반을 마셨다. 커다란 짐을 실은 배치고는 잘 달렸다. 노인은 팔 밑에 끼고 있는 손잡이로 방향을 잡았다. 고기는 잘 볼 수 있었다. 그리고 손을 펴보고 고물에 닿는 등의 아픔을 느끼고 나서야 이것이 정말 있었던 일이며 꿈이 아니라는 것을 실감했다. 고기와의 싸움이 끝날 무렵, 몹시 피로하고 의식이 아물거렸을 때 노인은 꿈을 꾸고 있는 게 아닌가 생각했다. 고기가 물 위로 뛰어올랐다가 물속으로 떨어지기 직전 공중에 떠 있는 것을 본 순간 무슨 기적 같은 일이 일어난 것으로 생각했고, 도저히 그 광경을 믿을 수가 없었다. 그리고 지금은 잘 보이지만 그때는 눈도 잘 보이지 않았다.

이제 노인은 모든 것이 현실이라는 것을 알았다. 고기가 있는 것을 알았고, 손과 등이 아파 꿈이 아니라는 것을 알았다. 손이 빨리 나을 것이라고 마음속으로 생각했다. 피도 깨끗이 말라버렸겠다, 소금물이 낫게 해줄 것이다. 진짜 이곳의 깊은 바닷물은 훌륭한 약이다. 내가 지금 해야 할 일은 정신을 똑바로 차리는 것이다. 손이 할 일은 끝났고, 우리는 지금 무사히 항구로 돌아가는 중이다. 고기는 입을 굳게 다문 채 꼬리를 똑바로 세웠고 형제처럼 이렇게 나란히 돌아가고 있지 않은가.

여기까지 생각했을 때 노인의 머리가 다시 약간 흐려지기 시작했다. 고기가 나를 데리고 가는 것인가 아니면 내가 고기를 데리고 가는 것인가, 하고 노인은 생각했다. 내가 고기를 뒤에다 끌고 가고 있는 것이라면 문제는 없다. 아니, 고기가 지금 배 안에 있다면, 그리고 그놈이 모든 위엄을 잃어버린 채 늘어져 있다면 역시 아무런 문제는 없을 것이다. 그러나 그들은 지금 나란히 서로 묶인 채 같이 항해하고 있다. 만일 고기놈이 나를 데리고 가는 것이라면 그렇게 하도록 내버려두는 거지, 하고 노인은 생각했다. 다만 내가 제 놈보다 꾀가 많다는 것뿐이다. 그리고 저놈은 나에게 아무런 적의도 가지고 있지 않으니까.

그들은 순조롭게 항해를 계속했다. 노인은 손을 소금물에 담근 채 정신을 똑바로 차리려고 애를 썼다. 하늘 높이 뭉게구름이 떠 있고 그 위에는 엷은 새털구름이 잔뜩 흘렀다. 그래서 노인은 미풍이 밤새도록 불겠다고 짐작했다. 노인은 꿈이 아니라는 것을 확인이라도 하려는 듯 줄곧 고기를 바라보았다. 최초의 상어가 습격해온 것은 한 시간 후의 일이었다.

상어는 우연한 일이 아니었다. 검은 피 구름이 1.5킬로미터가량이나 되는 깊은 바닷속으로 조용히 퍼져나갔을 때부터 상어는 이미 뒤를 쫓고 있었다. 상어는 무섭게 빨리, 그리고 정신없이 떠올라왔기 때문에 푸른 물을 가르며 올라와서 햇살을 받기까지 했다. 그리고 다시 물속으로 들어가서 피 냄새를 찾아내 배가 가는 길을 따라왔다.

상어는 이따금 냄새를 잃어버리기도 했다. 그러나 이내 냄새를 찾아내 황급히 추적해 왔다. 마코 상어는 덩치가 매우 크고 바다에서는 가장 빨리 헤엄칠 수 있는 상어였다. 그놈은 주둥이를 제외한 모든 것이 아름답게 생긴 놈이었다. 등은 황새치처럼 푸르고 배는 은빛이었다. 게다가 껍질은 부드럽고 아름다웠다. 커다란 턱을 제외하고는 일반 황새치나 다를 바가 없었다. 지금은 그 주둥이를 꽉 다문 채 높다란 등지느러미는 움직이지 않고 물을 가르듯 헤엄쳐 나갔다. 이중으로 된 입술 안쪽에는 이빨 여덟 줄이 안으로 비스듬히 박혀 있었다. 마코 상어의 이빨은 대부분의 상어처럼 피라미드형이 아니다. 사람 손가락을 매 발톱처럼 오그렸을 때의 모양과 똑같았다. 또한 노인의 손가락 길이만 했다. 그리고 양쪽이 면도날처럼 날카로웠다. 바다에 있는 어떤 고기든지 모조리 잡아먹을 수 있도록 만들어진 그런 모양이었다. 이놈들은 속도가 빠르고 힘이 세고 무기가 우수했기 때문에 다른 적이 없었다. 그런 놈들이 신선한 피 냄새를 맡고 추적해 왔다. 푸른 지느러미가 휙휙 물을 가르면서 달렸다.

노인은 이놈이 다가오는 것을 보았을 때 이내 그것이 상어라는 사실을 알았다. 이놈이야말로 바다에서는 아무것도 두려운 것이 없는, 자기 하고 싶은 대로 하는 놈이었다. 노인은 상어가 다가오는 것을 지켜보면서 작살을 준비하고 밧줄을 단단히 묶었다. 그러나 고기를 배에 붙들어 매느라고 끊어 썼기 때문에 밧줄은 짧았다.

이제 노인의 머리는 맑을 대로 맑아졌다. 전신에는 결의가 넘쳐흘렀다. 그러나 희망은 거의 가지고 있지 않았다. 좋은 일은 오래 가는 법이 아니거든, 하고 노인은 생각했다. 노인은 상어가 다가오는 모습을 지켜보면서 큰 고기를 힐끗 한번 바라보았다. 차라리 꿈이었으면 좋았을 것을. 상어의 공격을 막을 수는 없지만 혹시 그놈을 잡을 수 있을지도 모른다. 이런 덴투소*놈, 빌어먹을 놈의 자식!

상어는 재빨리 고물 쪽으로 다가왔다. 그놈이 큰 고기를 공격했을 때 노인은 쩍 벌린 그놈의 입을 보았다. 눈알이 이상한 빛을 발했다. 이빨이 쩔꺽 하는 소리를 내면서 큰 고기의 꼬리 부분을 물어뜯는 것을 보았다. 상어의 머리가 물 밖으로 불쑥 올라왔고 등도 보였

---

* 스페인 말로, 상어의 일종

다. 큰 고기가 습격당해 껍질과 살점이 뜯기는 소리를 들었을 때 노인은 상어의 머리에서 두 눈 사이를 연결하는 선과 코에서 등 쪽으로 뻗어나간 선이 교차하는 한 점에다 작살을 꽂았다. 물론 상어에게 그런 선이 있을 리가 없었다. 다만 크고 뾰족한 주둥이와 푸른 머리와 커다란 눈알과 그리고 모든 것을 삼켜버릴 듯 튀어나온, 짤깍짤깍 소리가 나는 주둥이가 있을 따름이었다. 그러나 바로 그 점이 상어의 골이 들어 있는 부분이었다. 노인은 어김없이 그 점에 작살을 내리꽂았다. 노인은 있는 힘을 다해 피로 뒤범벅이 된 손으로 작살을 쑤셔 넣었다. 노인에게는 전혀 희망이 없었다. 있는 것은 다만 결의와 무뎌지지 않는 적의뿐이었다.

상어는 온몸을 부르르 떨었다. 노인은 상어의 눈이 이제는 살아 있지 않다는 것을 알아차렸다. 상어는 다시 한번 뒹굴었다. 그대로 제 몸을 두 번이나 밧줄로 감아버렸다. 노인은 상어가 죽은 것을 알았으나 상어는 자신의 죽음을 받아들이려 하지 않았다. 상어는 뒤집어져서 배를 드러낸 채 꼬리로 물을 치고 아가리를 짤깍거리면서 몸부림을 쳤다. 꼬리로 수면을 후려칠 때마다 하얀 물보라가 생겼다. 밧줄이 조여들고 바르르 떨리더니 끊어져버렸다. 한순간 상어 몸뚱이의 4분의 3이 물 밖으로 드러났다. 잠시 동안 상어는 수면 위에 조용히 떠 있었다. 노인은 상어를 유심히 지켜보았다. 이윽고 상어는 천천히 물속으로 가라앉아버렸다.

"저놈이 20킬로그램은 빼앗아갔군."

노인은 큰 소리로 지껄였다. 게다가 저놈은 내 작살이랑 밧줄도 모조리 가져가고 말았어, 하고 노인은 생각했다. 그리고 나의 큰 고기가 또다시 피를 흘리니 다른 상어 떼가 몰려오겠는데.

노인은 이제 온전치 못한 고기를 바라볼 생각이 없었다. 고기가 공격을 받았을 때 노인은 꼭 자기 몸이 공격받는 듯 느꼈다.

하지만 나는 나의 소중한 고기를 공격한 상어를 죽였으니까, 하고 노인은 생각했다. 그놈은 내가 지금까지 보아온 것 중에서도 가장 큰 덴투소였어. 정말이지 진짜 큰 상어를 많이 봤지만 말이야.

좋은 일은 오래가지 않는가 보다, 하고 노인은 생각했다. 그것이 차라리 꿈이었으면 좋았을 것을. 그러면 고기 따위는 잡지 않아도 좋았을 테고, 그리고 나는 침대 위에서 신문이나 혼자 보고 있었을 게 아닌가 말이다.

"하지만 인간은 패배하도록 만들어진 것은 아니니까."

노인은 말했다.

"인간은 죽을지는 몰라도 패배할 수는 없으니까."

그런데 내가 고기를 죽인 것은 정말 안된 일이었어, 하고 노인은 속으로 생각했다. 이제부터 정말 어려운 일이 닥쳐올 텐데. 나는 작살마저 잃어버리고 말았어. 덴투소란 놈은 무척 잔인하고 힘이 세고 영리한 놈이다. 하지만 내가 그놈보다야 영리하지. 아니 그렇지 않을지도 모른다, 하고 노인은 고쳐 생각했다. 내가 그놈보다는 무장이 좀 더 잘 되어 있었기 때문인지도 모르지.

"늙은이, 너무 생각하지 말라구."

노인은 큰 소리로 말했다.

"이대로 배를 달리다가 상어가 습격하면 맞서보라구."

그러나 나는 생각은 해야만 한다. 왜냐하면, 나에게 남은 것이라고는 그것밖에 없으니까. 그것하고 야구밖에 없으니까 말이야. 그런데 저 위대한 디마지오 선수가 내가 상어의 골통을 찌르는 것을 보았다면 뭐라고 했을까? 그야 대단한 솜씨라고는 할 수 없지, 하고 노인은 생각했다. 누구나 할 수 있는 일이니까 말이야. 하지만 내 손이 발뒤꿈치가 아픈 것과 같은 정도의 불리한 조건을 가졌다는 것을 알고는 있겠지? 그야 내가 알 수 없는 일이지. 내가 발뒤꿈치를 다친 것은 헤엄을 치다가 가오리를 밟았을 때였지. 가오리란 놈이 내 발뒤꿈치를 찔러서 무릎 아래가 마비되고 참을 수 없는 고통을 당한 적이 있었어.

"이 늙은이야, 뭔가 좀 유쾌한 일을 생각하지그래. 이제는 한 시각 한 시각 집으로 가까이 다가가고 있지 않는가 말이야. 고기 무게가 20킬로그램이나 줄었으니 배는 그만큼 가볍게 달릴 수 있게 되었고 말이야."

노인은 배가 조류 한가운데로 가까이 다가갔을 때 어떤 일이 일어나는가를 잘 알았다. 그러나 어떻게 할 수가 없었다.

"아니야, 방법은 있구말구."

노인은 큰 소리로 말했다.

"노의 손잡이에다 칼을 단단히 매어두면 되겠다."

그래서 노인은 당장에 그 일을 시작했다. 키를 겨드랑이 밑에 끼고 발은 돛자락을 밟고 있었다.

"자, 됐다. 나는 여전히 늙은이야. 하지만 전혀 무장이 되어 있지 않은 것은 아니구나."

미풍이 다시 상쾌하게 불어오기 시작하고, 배는 미끄러지듯 달려 나갔다. 노인은 고기의 앞 부분만을 보려고 했다. 그러자 약간의 희망이 되살아났다.

희망을 버리는 것은 어리석은 일이야, 하고 노인은 생각했다. 그뿐만 아니라 그건 죄라고 생각했다. 죄에 대해서는 생각하지 말아야지, 하고 또 노인은 생각했다. 죄가 아니라도 그밖에 생각해야 할 일이 산더미처럼 있으니까 말이야. 게다가 죄가 뭔가에 대해서는 내가 알 까닭이 없지.

죄가 뭔가에 대해서 내가 알 수도 없거니와 또한 나는 죄를 믿는다고도 할 수 없다. 아마도 고기를 죽인다는 것은 죄가 될 것이다. 또한 내가 먹고살아가기 위해서, 그리고 많은 사람을 먹여 살리기 위해서 한 짓이라고 할지라도 죄는 죄다. 그러나 그렇게 되면 모든 것이 죄가 될 테지. 죄에 대해서는 생각하지 말기로 하자. 그런 생각을 하기에는 때가 너무 늦었다. 그 죄에 대해 생각하는 것으로 돈을 받는 사람도 있으니까 말이다. 죄는 그런 사람들에게나 생각하라고 하자. 너는 어부로 태어난 거다. 마치 물고기가 물고기로 태어난 것처럼 말이다. 성 베드로도 어부였지. 위대한 디마지오 선수의 아버지도 어부였지.

그러나 노인은 자신과 관련된 모든 일에 대해서 여러 가지로 생각해보는 걸 좋아했다. 게다가 읽을 책도 없고 라디오도 없었기 때문에 여러 가지 생각이 났고, 더더구나 죄에 대해 계속 생각이 떠올랐다. 네가 고기를 죽인 것은 다만 먹고살기 위해서, 또는 식량으로 팔기 위해서만은 아니다, 하고 노인은 생각했다. 너는 자존심 때문에 그 고기놈을 죽였으며, 네가 어부이기 때문에 죽인 것이 아닌가 말이다. 너는 고기가 아직 살아 있을 때도 그놈을 사랑했고, 또한 그놈이 죽은 후에도 사랑했다. 만약 네가 고기를 사랑한다면 죽이는 것은 죄가 아니다. 아니 더욱 무거운 죄가 될까, 그것은?

"이 늙은이야, 생각이 너무 많군그래."

노인은 큰 목소리로 지껄였다.

하지만 너는 덴투소를 죽였을 땐 즐기고 있었지, 하고 노인은 계속 생각했다. 그놈은 너와 마찬가지로 산 고기를 먹고 살아가는 놈이란다. 그놈은 썩은 고기나 먹는 거지는 아니란 말이다. 그리고 어떤 상어처럼 게걸스럽게 먹기만 하는, 식욕의 화신도 아니란 말이다. 그놈은 아름답고 고결하고 아무런 두려움도 모르는 고기였단 말이다.

"하지만 나는 정당방위로 그놈을 죽인 거다. 그리고 그놈을 죽이기를 잘한 거야."

노인은 큰 소리로 말했다.

게다가 또 모든 것은 무언가 다른 것을 죽이며 살아가는 게 아닌가, 하고 노인은 생각을 계속했다. 그리고 고기잡이가 나를 살리고 있는 것과 마찬가지로 또한 나를 죽이고 있기도 하다. 또 소년이 나의 생계를 도와주고 있으며 나는 나 자신을 너무 속여서는 안 된다,

하고 노인은 생각했다.

　노인은 몸을 뱃전으로 내밀고 손을 뻗어서 상어가 물어뜯다 만 고기의 살점을 잡아뗐다. 노인은 그 고깃점을 씹으면서 고기의 질과 맛을 음미했다. 그것은 쇠고기처럼 단단하고 물기가 많았다. 그러나 빛깔이 붉지는 않았다. 힘줄도 거의 없어 시장에 내가면 아주 비싼 값을 받을 수 있으리라는 것을 알았다. 그러나 물속의 피 냄새를 지울 수 있는 방법은 없다. 노인은 최악의 사태가 다가오고 있음을 알았다.

　미풍은 계속 불어왔다. 바람의 방향이 약간 동북쪽으로 물러나는 듯했으나 바람이 자버리지는 않을 것임을 노인은 알았다. 노인은 멀리 앞쪽을 바라다보았다. 돛 그림자 하나, 배 그림자 하나도 보이지 않았다. 배에서 피어오르는 연기 같은 것도 보이지 않았다. 다만 이물 쪽에서 이리저리 날아다니는 날치와 점점 떠다니는 누런 해초 무더기가 보일 뿐이었다. 심지어 새 한 마리 볼 수 없었다.

　고물 쪽에 몸을 기대고 앉아서 휴식을 취하면서, 그리고 원기를 돋울 생각으로 청새치의 고기를 가끔 뜯어 씹으면서 2시간가량 항해했을 때였다. 노인은 두 마리의 상어 중 앞에 있는 놈을 보았다.

　"에이!"

　노인은 큰 소리로 외쳤다. 이 말은 무엇이라 다른 말로 옮겨놓을 수 없는 말이다. 어쩌면 이 소리는 널빤지와 함께 손바닥에 못질을 했을 때 무의식적으로 내는 그런 목소리일는지도 모른다.

　"갈라노다!"

노인은 큰 소리로 말했다. 노인은 첫 번째 상어 뒤에 곧이어 바짝 따라오는 두 번째 상어를 보았다. 갈색을 띤 삼각형 지느러미와 휩쓸고 가는 듯한 꼬리의 움직임 때문에 삽 모양의 콧등을 가진 상어였다. 놈들은 냄새를 맡고 어쩔 줄 몰랐다. 너무나 배가 고파서 가끔 멍청하게도 냄새를 잃어버렸다. 그러나 다시 냄새를 맡고는 흥분해서 날뛰었다. 이렇게 상어는 점점 더 가까이 다가왔다.

노인은 재빨리 돛을 배의 횡목에다 붙들어 맸다. 그리고 키가 움직이지 않도록 단단히 고정했다. 그러고 나서 노인은 칼을 꽂아놓은 노를 들고 일어섰다. 노인은 될 수 있는 대로 살며시 노를 치켜들었다. 노를 쥔 채 교대로 두 손을 폈다 쥐었다 하면서 아픔을 쫓아보려고 애를 썼다. 노인은 힘껏 노를 움켜쥐었다. 격렬한 아픔을 느꼈다. 그러나 노인은 물러서지 않았다. 두 마리의 상어가 가까이 다가오는 것을 지켜보았다. 넓적한 삽처럼 생긴 머리통이 보였다. 끝이 휜 넓은 가슴지느러미도 보였다. 고약한 성질을 가진 상어였다. 놈들은 항상 지독한 악취를 내뿜었으며, 청소부처럼 썩은 고기를 찾아 헤맨다. 이를테면 상습 살해범이다. 배가 고프면 노도 좋고 키도 좋고 아무거나 물어뜯는다. 바다거북이 물 위에서 졸고 있을 때 그 다리를 잘라 먹고 달아나는 것이 바로 이놈들이다. 이놈들은 배가 고프면 수영하는 사람도 습격한다. 사람에게 고기의 피비린내가 묻어 있건 없건 또는 생선 비린내가 묻어 있건 없건 이놈들에게는 아무 상관도 없다.

"에이!"

노인이 큰 소리로 외쳤다.

"자, 갈라노야, 이 망할 놈의 갈라노, 덤벼라!"

상어가 다가왔다. 그러나 이놈들은 마코 상어처럼 접근해 오지는 않았다. 그중 한 놈이 갑자기 몸을 뒤집고 배 밑으로 자취를 감추어 버렸다. 노인은 배가 흔들리는 것을 느꼈다. 상어가 고기를 물어뜯기 시작한 것이다. 또 한 놈은 가늘게 찢어진 눈으로 빤히 바라보며 노인의 동정을 살폈다. 그러나 다음 순간 그놈도 반원형의 아가리를 쩍 벌리고 잽싸게 고기를 덮쳤다. 그 부분은 얼마 전에 당한 곳이었다. 상어의 갈색 머리와 등이 선명한 선을 나타내고 있다. 뇌와 척추가 연결된 부분이다. 노인은 그곳을 향해서 칼을 푹 찌르는가 하면 이내 번개처럼 뽑아서 이번에는 고양이처럼 노란 눈알을 향해서 내리 찔렀다. 상어는 고기를 놓고 떨어져 나갔다. 상어가 죽으면서도 물어뜯은 고기를 삼키는 것이 보였다.

배는 여전히 흔들렸다. 왜냐하면 또 다른 상어 한 놈이 배 밑에서 고기를 물어뜯고 있기 때문이었다. 노인은 잽싸게 돛의 줄을 풀었다. 배가 옆으로 돌자 상어의 전신이 드러났다. 노인은 재빨리 뱃전으로 몸을 내밀면서 상어에게 일격을 가했다. 그러나 급소는 빗나가고 말았다. 다만 상어의 몸을 힘껏 찔렀을 따름이었다. 상어의 껍질은 딱딱해서 칼이 뚫고 들어가지 못했다. 세차게 찌르는 바람에 노인은 손뿐 아니라 어깨까지 아팠다. 그러나 상어는 이내 물 밖으로 머리를 내밀었다. 상어가 콧등을 물 밖으로 내밀고 고기를 물어뜯을 때 노인은 간격을 두지 않고 그놈의 평평한 정수리 한가운데를 정통으로 찔렀다. 노인은 칼을 뽑아 다시 똑같은 지점을 찔렀다. 그러나 상어는 여전히 갈고리 같은 주둥이로 고기에 매달려 살점을 물어뜯었다. 노인은 이어서 그놈의 왼쪽 눈을 푹 쑤셨다. 그래도 상어는 고기에 매달려 있었다.

"그래도 모자라?"

노인은 이번에는 칼날을 척추와 뇌 사이를 향해서 내리 찔렀다. 이번에는 힘이 덜 들었다. 연골이 부르르 떨리면서 갈라지는 것이 노인의 손에 느껴졌다. 노인은 노를 거꾸로 뒤집어 상어의 아가리 속에다 칼날을 틀어넣고 아가리를 찢어서 여는 것처럼 노를 한 바퀴 뒤틀었다. 그러자 상어는 스르르 미끄러져 내렸다. 노인은 상어에게 욕설을 퍼부었다.

"잘 가, 이놈 갈라노. 바다 밑 1.5킬로미터나 되는 긴긴 여행이다. 가서 네 친구나 네 어미나 만나봐라, 이놈아."

노인은 칼날을 닦고 노를 내려놓았다. 돛의 줄을 동여매 돛에 바람을 가득히 싣고 해안을 향해서 배를 달리게 했다.

"놈들이 고기의 4분의 1은 가져갔군. 그것도 제일 맛있는 부분을 말이야."

노인은 큰 소리로 지껄였다. 차라리 꿈이었으면 좋았을 것을, 그리고 너를 낚아 올리지 않았으면 좋았을 것을. 고기야, 너에게는 정말 미안하구나. 너를 낚아 올린 게 애당초 잘못이었어. 노인은 말을 멈췄다. 더는 고기를 바라보고 싶지 않았다. 그러나 피 흘린 거죽이 바닷물에 깨끗이 씻겨 거울의 뒷면처럼 은색으로 빛나는 고기의 거대한 몸뚱이를 노인은 흘낏 바라보았다. 줄무늬는 아직도 뚜렷했다.

"이렇게까지 멀리 나오지 말아야 했는데 말이야."

노인은 고기에게 말을 걸었다.

"너를 위해서나 나를 위해서나 전혀 무의미한 일이었어. 미안하구나, 고기야."

자, 그럼, 하고 노인은 자신에게 말했다. 칼을 잡아맨 곳을 점검해야지. 혹시 끊어진 데가 없는가 조사해봐야지. 아직도 놈들은 더 몰려올 테니까 말이야. 손도 제대로 쓸 수 있게 준비해둬야 하니까.

"칼을 갈 숫돌이 있으면 좋을 텐데."

노인은 노 끝부분의 매듭을 살펴보고 나서 말했다.

숫돌을 가지고 올 것을 그랬지. 가지고 왔어야 할 것도 많군, 하고 노인은 생각했다. 그러나 안 가지고 온 것을 어떻게 한단 말인가, 이 늙은이야. 지금은 없는 것을 생각할 때가 아니라 있는 것으로 할 수 있는 일을 생각해야 할 때야.

"자네는 여러 가지로 내게 많은 충고를 주는 놈이군그래."

노인은 큰 소리로 말했다.

"이젠 그것도 싫증이 났단 말일세."

노인은 겨드랑 밑에 키를 끼고 배가 앞으로 항진하는 대로 물속에다 두 손을 담그고 있었다.

"마지막 놈이 얼마나 많이 뜯어먹었는지 모르겠지만 말이야, 하지만 덕분에 배는 훨씬 가벼워졌군."

노인은 물어뜯긴 고기의 아랫배를 생각하고 싶지 않았다. 노인은 상어가 부딪쳐 왔을 때마다 번번이 살이 떨어져 나갔을 것이고 지금쯤 바다에는 거기서 흘러나온 피가 신작로처럼 넓은 길을 만들어 놓아 모든 상어 떼에게 냄새를 풍기고 길잡이 노릇을 하리라는 것도 알았다.

이 고기 한 마리면 한 사람이 한겨울 내내 먹을 수 있으리라, 그는 생각했다. 그런 생각은 하지 말자. 이젠 휴식을 취하고 남은 고기를 지킬 수 있도록 손이나 제대로 잘 주물러두도록 해라. 이제 바다엔 피 냄새가 가득할 테니 내 손에서 나는 피 냄새는 아무것도 아닐 것이다. 게다가 지금은 출혈도 대단치가 않다. 또 문제 삼을 만한 상처도 아니다. 피가 흐르는 덕분에 왼손에 쥐도 나지 않을 것이다.

이제 나는 무슨 생각을 할 수 있을까? 아무것도 없구나. 나는 아무 생각도 하지 말고 다만 다음 상어를 기다리기나 하면 된다. 이것이 꿈이면 얼마나 좋을까, 하고 노인은 생각했다. 하지만 아무도 모를 일이다. 결과가 좋을지도 모르니까 말이야.

다음에 습격해온 상어도 먼저 녀석과 마찬가지로 콧등이 삽처럼 생긴 놈이었다. 그놈은 마치 먹이통에 주둥이를 갖다 대고 있는 돼지와 같았다. 하지만 돼지가 그렇게 큰 입을 가졌을 리는 없다. 녀석은 사람의 머리가 그대로 쑥 들어가버릴 만큼 입을 크게 벌리고 다가왔다. 노인은 상어가 고기에게 덤벼드는 것을 그대로 내버려두었다. 그러나 그놈이 살점을 물어뜯자마자 노 끝에 매어둔 칼로 골통을 찔렀다. 상어는 몸뚱이를 뒤로 젖히듯이 물러나면서 칼을 낚아 채어 가버렸다. 이젠 칼도 없구나.

노인은 먼저의 자리로 되돌아와 키를 잡았다. 상어 쪽은 보지도 않았다. 상어는 천천히 물속으로 가라앉았다. 처음에는 원래의 크기로 보이다가 차츰 작아지고 나중에는 아주 조그마한 점이 되어버렸다. 그런 광경은 언제나 노인을 흥분시켰다. 그러나 지금은 거들떠보지도 않았다.

"아직 갈고리대가 있군. 그러나 그런 것은 별로 소용이 없을 테지. 노가 두 개 있고 키 손잡이와 짤막한 곤봉이 한 개 있어."

나는 이제 상어놈들한테 완전히 패배하고 말았군, 하고 노인은 마음속으로 생각했다. 나 같은 늙은이는 곤봉으로 상어를 때려죽일 힘도 없구 말이야. 그러나 나에게 노와 짧은 곤봉과 키 손잡이가 있는 한 싸워볼 테다.

노인은 다시 두 손을 바닷물 속에 담갔다. 벌써 저녁때가 가까워져왔다. 바다와 하늘 말고는 아무것도 보이지 않았다. 하늘에는 조금 전보다 바람이 훨씬 세차게 불었다. 노인은 육지가 보이기를 간절히 바랐다.

"이 늙은이야, 자넨 지쳤단 말이야. 기진맥진하고 만 거야."

노인은 말했다.

또다시 상어 떼가 습격해 온 것은 해가 지기 조금 전이었다.

노인은 고기의 피가 만든 넓은 수로를 좇아 갈색 지느러미 떼가 다가오는 것을 보았다. 상어 떼는 이미 냄새 따위를 찾아 헤매지도 않았다. 어깨를 나란히 하고 똑바로 배를 향해서 헤엄쳐 왔다.

노인은 키를 고정하고 돛의 줄을 동여매고는 고물 밑창에 둔 곤봉을 집어 들었다. 그것은 부러진 노를 약 1미터 정도 길이로 자른 노의 손잡이였다. 손잡이가 있어서 한 손으로도 잘 다룰 수 있었다. 노인은 그것을 오른손으로 움켜잡고 손목 관절을 굽혔다 폈다 하면서 상어 떼가 다가오는 것을 지켜보았다. 두 마리의 갈라노 상어가 다가왔다.

우선 먼저 오는 놈은 물어뜯게 놔두자, 그렇게 내버려두었다가 콧등이나 정수리를 정통으로 갈겨줘야지, 하고 노인은 생각했다.

두 마리의 상어는 바싹 붙어서 다가왔다. 첫 번째 놈이 입을 크게 벌리고 고기의 은빛 옆구리에 덤벼들었을 때 노인은 곤봉을 높이 치켜들었다가 상어의 넓적한 골통을 향해서 내리쳤다. 곤봉이 상어의 골통에 닿았을 때 고무와 같은 탄력성을 느꼈다. 그러나 노인은 또한 뼈의 단단한 맛도 느꼈다. 상어가 고기에게서 스르르 물러나려는 순간 다시 한번 세차게 상어의 콧등을 후려갈겼다.

또 한 마리의 상어는 모습이 보였다 안 보였다 하다가 이제 다시 입을 딱 벌리고 덤벼들었다. 그놈이 고기에게 덤벼들어 물고 입을 다물었을 때 그놈의 주둥이 가장자리에 고기의 하얀 고깃점이 매달린 것을 볼 수 있었다. 노인은 힘껏 그놈의 골통을 내리쳤다. 상어는 노인을 한 번 흘낏 바라보고 고기의 살을 뜯어내려고 했다. 노인은 다시 한번 곤봉을 휘둘렀다. 그러나 벌써 상어는 고기를 삼키려고 뒤로 물러나고 있었다. 노인은 다시 곤봉으로 내리쳤으나 다만 단단한 고무의 탄력성만을 느낄 따름이었다.

"갈라노야, 이리 와라. 다시 덤벼봐라!"

노인은 소리쳤다.

상어는 와락 덤벼들었다. 노인이 곤봉을 내리쳤을 때 상어는 주둥이를 다물어버렸다. 이번에는 곤봉을 될 수 있는 대로 높이 치켜들었다가 내리쳤다. 이번에는 상어의 뒤 골통의 뼈에 닿는 것이 느껴졌다. 노인은 또다시 같은 부분에 일격을 가했다. 상어는 고깃점을 물어뜯은 채 고기에서 서서히 물러났다.

노인은 상어가 다시 한번 습격하려니 하고 기다렸으나 두 놈 다 나타나지 않았다. 이윽고 주위를 빙빙 돌고 있는 상어 한 마리가 보였다. 또 한 마리 상어의 지느러미는 이제 보이지 않았다.

그 정도로 죽지는 않았을 텐데, 하고 노인은 생각했다. 내가 한창때라면 죽일 수도 있었겠지만 말이야. 하지만 두 마리에게 다 심한 상처를 입히기는 했겠지. 그러니 두 마리 다 성하지는 못할 거야. 두 손으로 곤봉질을 할 수 있었다면 먼젓번 놈은 확실히 죽였을 텐데, 지금이라도 말이야, 하고 노인은 생각했다. 노인은 고기 쪽을 도무지 바라볼 생각이 나지 않았다. 이미 반은 물어뜯겼으리라는 것을 그는 알았다. 노인이 상어 떼와 싸우는 동안 해는 졌다.

"곧 어두워지겠는데."

노인이 중얼거렸다.

"그럼 아바나의 불빛도 보일 것이다. 만일 너무 동쪽으로 나왔다면 낯선 해안의 불빛이 보이겠지."

이제 그리 멀지는 않을 텐데, 하고 노인은 생각했다. 아무도 나 때문에 걱정하지 않았으면 좋겠는데. 물론 그 소년만은 나를 걱정하고 있을 테지. 하지만 그 아이는 자신만만하게 생각하고 있을 거야. 늙은 어부들도 내 걱정을 하고 있을 거구. 다른 많은 사람들도 역시 걱정을 하고 있겠지, 하고 노인은 생각했다. 나는 정말 좋은 마을에 살고 있구나.

노인은 더는 고기에게 말을 걸 용기도 없어지고 말았다. 왜냐하면 고기는 이미 거의 다 못 쓰게 되어버린 까닭이다. 문득 어떤 생각이 떠올랐다.

"고기는 반밖에 안 돼. 온전한 고기는 다 지나간 일이야. 너무 멀리까지 나온 것이 미안하군. 내가 너와 나 둘을 모두 망쳐버렸구나. 하지만 우리는, 너와 나 둘이서 많은 상어를 죽이고 또 파멸시키지 않았느냐 말이야. 고기야 너는 얼마나 죽였니? 아무 쓸데도 없이 네 머리에 뾰족한 창날 같은 주둥이를 달고 있는 것은 아니겠지?"

노인은 이 고기를 생각하는 것이 즐거웠다. 이 고기가 자유롭게 헤엄쳐 돌아다닌다면 상어하고 어떻게 싸울 건가, 다시 노인은 상상해보았다. 싸울 수 있게 주둥이를 잡아맨 밧줄을 풀어줄 걸 그랬구나, 하고 노인은 생각했다. 그러나 도끼도 없었고 칼도 없었다.

그러나 만일 칼이 있어서 노의 손잡이에다 잡아매어두면 얼마나 훌륭한 무기가 되겠는가 말이다. 그러면 우리는 함께 싸울 수가 있을 텐데. 상어란 놈들이 밤중에 다시 습격해오면 어떻게 할 셈인가 말이야, 어떻게 할 작정인가?

"놈들과 싸우는 거다. 내가 죽을 때까지 싸우는 거다."

노인은 말했다.

그러나 이제 날은 어두워 하늘에 비치는 훤한 달빛도 보이지 않았다. 다만 바람이 불고 있을 따름이다. 배가 꾸준히 돛에 끌려가는 것만을 느꼈다. 노인은 자신이 죽은 것 같다고 느꼈다. 두 손을 마주 잡고 손바닥을 만져보았다. 손은 죽어 있지 않았다. 노인은 두 손을 폈다 오므렸다 할 때 느껴지는 아픔 때문에 자신이 겨우 살아 있다고 인식할 수 있었다. 노인은 고물에 몸을 기댔다. 노인은 자기가 죽지 않았음을 알았다. 어깨가 그렇게 말해주었기 때문이다.

만일 이 고기를 잡게 되면 기도를 드리겠다는 약속을 했는데, 이제는 기도의 문제도 어떻게 해야 할지 궁리해볼 수 있게 되었구나, 하고 노인은 생각했다. 하지만 지금은 너무 지쳐서 아무 말도 할 수 없어. 그렇군, 부대를 가져다가 어깨를 덮는 것이 좋겠어.

노인은 고물 쪽에 누워서 키를 잡고 훤한 불빛이 하늘에 비쳐오기만을 기다렸다. 고기는 반밖에 남지 않았군, 하고 그는 생각했다. 반만이라도 선물로 가져갈 수 있다니 아마도 나에게 아직 운이 남아 있다는 거겠지. 아마 운이 조금은 있는 모양이다.

"아니야" 하고 노인은 입을 열었다. 바다로 너무 멀리 나왔던 까닭에 운을 망쳐버리고 말 게야.

"어리석은 생각은 이제 그만 하라구."

노인은 큰 소리로 말했다.

"정신을 똑바로 차리고 키나 단단히 잡고 있으라구. 이제부터 행운이 올지 누가 아나."

"행운을 파는 곳이 있다면 조금 사 왔으면 좋겠는데."

노인은 다시 말했다.

하지만 무엇으로 사지? 노인은 자신에게 물었다. 잃어버린 작살과 부러진 칼과 상한 이 손으로 사 올 셈이었단 말인가?

"살 수 있을지도 모르지."

노인은 말했다. 너는 바다에서 84일을 보낸 것으로 값을 치르고 운이란 것을 사려고 했다. 바다도 거의 팔아줄 듯했잖은가 말이다.

쓸데없는 생각은 하지 말자, 하고 노인은 생각했다. 행운이란 여러 가지 형태로 나타나는 법인데 누가 그것을 알아본단 말인가? 아무튼 나는 약간의 행운은 손에 넣은 셈이었고 게다가 상대방 요구대로 값을 치르기는 한 셈이었다. 하늘에 훤한 불빛이 비쳐왔으면, 하고 노인은 생각했다. 나는 바라는 것이 너무 많구나. 그러나 지금 당장 바라는 것은 그 훤한 불빛이다. 노인은 더 편한 자세를 취하고 키를 잡았다. 몸의 고통 때문에 노인은 자기가 죽지 않았음을 알았다.

밤 10시가 지났을 무렵 노인은 아바나 거리의 불빛이 하늘에 훤하게 반사되는 것을 보았다. 처음에는 너무 어렴풋했기 때문에 달이 뜨기 전 하늘의 밝은 빛인 줄만 알았다. 그러나 때마침 거세게 불어오는 바람 때문에 크게 소용돌이치기 시작한 바다 너머로 그것은 의심할 여지 없이 거리의 불빛이라는 것을 알았다. 노인은 키를 돌리고 그 빛을 향해 배를 달리게 했다. 이제 얼마 후면 멕시코 만류를 타게 될 것이 틀림없으리라 생각했다.

이제 싸움은 끝났다, 하고 노인은 생각했다. 상어 떼가 다시 공격해올 테지. 그러나 무기도 없는 이 어둠 속에서 인간이 상어를 상대로 어떻게 할 수 있단 말인가?

노인의 몸은 꼿꼿해지면서 몸을 조금만 움직여도 아팠는데, 밤의 냉기와 더불어 온몸의 상처와 무리했던 근육이 더욱 욱신거리며 아파졌다. 더는 싸우지 않아도 되면 좋겠구나, 하고 노인은 생각했다. 제발 싸움이 없으면 오죽이나 좋을까.

그러나 자정 무렵에 노인은 다시 한번 싸웠다. 이번의 싸움은 헛된 싸움이라는 것을 노인은 알았다. 상어는 떼를 지어 몰려왔다. 노인의 눈에는 상어 떼의 지느러미가 수면에 긋는 선과 고기에게 덤벼들 때의 인광이 보일 뿐이었다. 노인은 마구 곤봉을 내리쳤다. 상어의 주둥이가 고기를 물어뜯는 소리가 들려왔다. 상어가 덤벼들 때마다 배가 흔들렸다. 노인은 육감과 소리에 의지해서 필사적으로 곤봉을 휘둘렀다. 그러나 뭔가가 곤봉을 잡았다. 그 순간 곤봉을 어둠 속으로 빼앗기고 말았다. 노인은 키에서 손잡이를 빼어 두 손으로 잡고 닥치는 대로 마구 후려쳤다. 그러나 상어 떼는 이제 이물 쪽으로 번갈아 또는 한꺼번에 덤벼들어 고기를 뜯었다. 그리고 상어 떼가 다시 한번 되돌아오려고 선회했을 때 고기는 물밑에서 하얀 빛을 발하고 있었다.

드디어 한 마리가 마지막으로 고기의 머리를 물어뜯었다. 아, 이제 끝장이로구나, 하고 노인은 생각했다. 노인은 키 손잡이로 상어의 머리통을 내리쳤다. 상어의 주둥이가 고기의 머리를 물기는 했으나 잘 뜯어내지 못했다. 노인은 그 상어의 골통을 몇 번이나 내리쳤다. 키 손잡이가 부러지는 소리가 들렸다. 그러나 노인은 부러진 끝으로 힘껏 상어를 찔렀다. 살을 뚫고 들어가는 것이 느껴졌다. 부러진 키의 끝이 뾰족하다는 것을 알자 노인은 키를 다시 상어의 몸에 힘껏 찔렀다. 상어는 물었던 것을 놓고 뒹굴었다. 그놈이 몰려온 상어 떼의 마지막 놈이었다. 그놈들이 먹을 것은 하나도 남아 있지 않았다.

노인은 숨을 쉬기조차 어려울 지경이었다. 입속에 이상한 맛이 감돌았다. 구리쇠 같은, 들척지근한 맛이었다. 한순간 노인은 덜컥 겁이 났으나 그런 마음은 이내 사라지고 말았다.

노인은 바다에 침을 뱉었다.

"이거나 먹어라, 갈라노 놈아. 그리고 사람 죽인 꿈이나 꾸어라."

노인은 이제 결정적으로 패배했음을 알았다. 더는 돌이킬 수 없을 만큼 패배했다. 노인은 간신히 고물 쪽으로 돌아가서 키 손잡이의 부러진 토막을 키 구멍에 끼워 넣고 어떻게든 방향만이라도 잡으려고 애를 썼다. 그리고 부대를 어깨 위에 걸치고 배의 진로를 잡았다. 배는 바다 위를 가볍게 미끄러지듯 달렸다. 노인은 아무런 생각도 아무런 감정도 떠오르지 않았다. 노인에겐 모든 것이 지나간 과거였다. 다만 배를 잘 조정해서 어김없이 모항(母港)으로 되돌아가는 일만 남았을 뿐이었다. 한밤중에 몇 번인가 상어 떼가 고기의 뼈를 습격해왔다. 마치 식탁에서 음식 부스러기를 주우려는 사람 같았다. 노인은 완전히 무관심했다. 키질 이외에는 아무것에도 관심이 없었다. 노인은 다만 작은 배가 무거운 짐을 잃어버리고, 바다 위를 가볍고 순조롭게 미끄러지듯 달리는 것을 알 수 있을 뿐이었다.

배는 아무 탈 없구나, 하고 노인은 생각했다. 배의 키 손잡이 이외에는 달리 피해가 없었다. 그것은 쉽게 바꿔 달 수 있다.

노인은 배가 조류 안으로 들어왔음을 느꼈다. 해안을 따라 마을의 불빛이 보였다. 노인은 현재 배가 어디 있는지 알 수 있었다. 이제 돌아가는 것은 아무것도 아니었다.

뭐니 뭐니 해도 바람은 우리의 친구라니까, 하고 노인은 생각했다. 그리고 그는 덧붙였다. 때에 따라서는 아니지만. 거대한 바다, 그곳에는 우리의 친구도 있고 적도 있지, 노인은 생각했다. 그리고 침대도 있지, 하고 생각했다. 침대는 내 친구거든, 침대가 말야, 하고 노인은 생각했다. 침대란 위대한 거야. 기진맥진했을 때 그렇게도 편안하게 해주는 것이 또 어디 있느냐 말이다, 하고 노인은 생각했다. 침대가 얼마나 편안한 것인지 옛날엔 미처 몰랐다니까. 그런데 너를 이토록 못 쓰게 만든 것은 도대체 뭐란 말인가, 하고 노인은 생각했다.

"아무것도 없어."

노인은 큰 소리로 말했다.

"너무 멀리 나간 것뿐이야."

노인이 조그마한 항구 안으로 들어갔을 때 테라스의 불빛은 꺼져 있었다. 모두 벌써 잠들었을 것으로 생각했다. 바람은 점점 더 세차게 불었다.

그러나 항구 안은 조용했다. 노인은 바위 밑 좁은 자갈밭에 배를 댔다. 그를 도와주는 사람은 아무도 없었다. 노인은 가능한 한 배를 뭍 깊숙한 곳까지 끌어올렸다. 그리고 배에서 기어 나와 배를 바위에 붙들어 맸다.

노인은 돛대를 내리고 돛을 감아서 묶었다. 그리고 돛대를 어깨 위에 메고 언덕길을 오르기 시작했다. 그제야 노인은 비로소 자기 피로의 깊이를 알았다. 노인은 잠깐 발걸음을 멈추고 뒤를 돌아보았다. 고기의 거대한 꼬리가 가로등 불빛을 반사하면서 작은 배의 고물 쪽에 빳빳이 서 있었다. 그리고 드러난 등뼈의 하얀 선과 뾰족한 주둥이를 가진 머리 부분의 검은 덩어리 사이가 텅 빈 것이 보였다.

노인은 다시 언덕길을 오르기 시작했다. 꼭대기까지 와서 노인은 그만 쓰러지고 말았다. 노인은 돛대를 어깨에 멘 채 한참 동안 누워 있었다. 노인은 일어나려고 애를 썼다. 그러나 일어나지 않았다. 간신히 노인은 몸을 일으켜서 돛대를 어깨 위에 멘 채 한길 쪽을 바라다보았다. 마침 저쪽으로 고양이 한 마리가 지나갔다. 노인은 고양이를 물끄러미 바라보았다. 그리고 다시 길 쪽을 바라다보았다.

마침내 노인은 돛대를 내리고 일어섰다. 노인은 다시 돛대를 집어서 어깨에 메고 길을 올라가기 시작했다. 판잣집에 도착하기까지 노인은 다섯 번이나 쉬어야만 했다.

판잣집에 들어가서 노인은 돛대를 벽에 기대 세웠다. 어둠 속에서 물병을 찾아 한 모금 마셨다. 그러고는 침대에 드러누웠다. 노인은 담요를 어깨와 등, 다리까지 덮고 엎어져 잤다. 두 팔을 쭉 뻗고 손바닥을 위로 펼친 채 얼굴을 신문지에 파묻고 깊은 잠에 빠졌다.

아침에 소년이 판잣집 문을 열고 들여다보았을 때 노인은 죽은 듯이 자고 있었다. 그날은 바람이 심해서 범선이 바다에 나가지 못했다. 그래서 소년은 늦잠을 자고 여느 때나 마찬가지로 노인이 사는 판잣집에 와보았다. 소년은 노인이 숨 쉬는 모습과 그 두 손을 보고는 얼굴을 돌려 소리 내서 울기 시작했다. 그리고 소년은 커피를 가져오려고 조용히 판잣집에서 나왔다. 길을 내려가면서도 소년은 줄곧 울었다.

어부들이 배 주위에 잔뜩 모여 서서, 배 옆에 붙들어 맨 것을 구경하고 있었다. 어떤 사람이 바지를 걷어 올리고 물속으로 들어가서 줄자로 고기의 뼈 길이를 재고 있었다.

소년은 그곳으로 내려가지 않았다. 그는 벌써 알고 있었다. 어부 한 사람이 소년 대신 배를 돌보고 있었다.

"노인은 좀 어때?"

한 어부가 큰 소리로 물었다.

"아직 주무세요."

소년이 대답했다. 어부들이 보고 있었지만 소년은 계속 울었다.

"가만히 내버려두는 것이 좋겠어요."

"머리 끝에서 꼬리 끝까지 5.5미터나 되는군."

고기의 길이를 재던 어부가 말했다.

"그렇게 될 거예요."

소년이 말했다.

소년은 테라스로 가서 커피 한 깡통을 주문했다.

"뜨겁게 해주세요. 그리고 우유랑 설탕을 많이 넣어주세요."

"다른 것은 더 필요 없나?"

"아뇨. 나중에 할아버지가 잡수실 만한 것을 가지러 올게요."

"정말 대단한 고기였어."

주인이 말했다.

"저렇게 큰 고기는 생전 처음 봤다니까. 어제 네가 잡은 두 마리도 꽤 좋은 놈이기는 했지만 말이야."

"내가 잡은 고기, 그까짓 거야 뭐."

소년은 이렇게 말하고 나서 와락 울음을 터뜨렸다.

"너두 뭐 좀 마실래?"

주인이 물었다.

"싫어요."

소년은 고개를 저었다.

"모두 할아버지를 귀찮게 하지 말라고 일러주세요. 저는 돌아가 봐야겠어요."

"내가 마음 아파하더라고 전해줘."

"고맙습니다."

소년이 대답했다.

소년은 뜨거운 커피가 든 깡통을 가지고 노인의 판잣집으로 갔다. 소년은 그 곁에서 노인이 깰 때까지 앉아서 기다렸다. 노인은 한 번 깰 듯한 기척을 보이더니 다시 깊고 깊은 잠 속으로 빠졌다. 소년은 커피를 따뜻이 데울 나무를 구하러 길 건너로 갔다.

마침내 노인이 잠에서 깨어났다.

"일어나지 마세요, 할아버지."

소년이 말했다.

"이걸 마시세요, 할아버지."

소년은 커피를 잔에 조금 따랐다.

노인은 그것을 받아서 마셨다.

"그놈들이 이겼어, 마놀린. 놈들이 정말 나한테 이겼다니까."

노인이 말했다.

"그 고기가 할아버지를 이긴 건 아니잖아요. 그 고기가 아니란 말이에요."

"그렇군. 정말 그렇군. 진 건 나중이니까."

"페드리코 아저씨가 배와 어구를 손질하고 있어요. 고기 머리는 어떻게 하죠, 할아버지?"

"페드리코에게 잘라서 통발에나 쓰라고 해."

"그 창날 같은 주둥이는요?"

"갖고 싶거든 네가 가지렴."

"제가 가질게요."

소년이 말했다.

"이제 우리는 다른 일에 대해서 계획을 세워야 하지 않겠어요?"

"사람들이 나를 찾았니?"

"물론이죠. 해안 경비대랑 비행기까지 동원됐으니까요."

"바다는 그렇게도 넓고 배는 작으니 발견하기가 어려웠을 테지."

노인이 말했다. 노인은 자기 자신과 바다 밖에는 말할 상대가 없이 지내다가 이렇게 말 상대가 생기자 그것이 얼마나 즐거운 것인가를 새삼스레 느꼈다.

"네가 없어서 정말 쓸쓸했단다."

노인이 말했다.

"그런데 너는 뭘 잡았니?"

"첫날에 한 마리를 잡구요, 이튿날에도 한 마리, 그리고 셋째 날엔 두 마리 잡았어요."

"큰 수확이로구나."

"이젠 할아버지하구 같이 나가서 잡기로 해요."

"안 돼. 나는 재수가 없는 사람이야. 나에겐 운이 다됐나 보다."

"운이 다 뭐예요. 운은 제가 가지고 가면 되잖아요"

소년이 말했다.

"너희 가족들이 뭐라고 하지 않을까?"

"상관없어요. 전, 어저께 두 마리나 잡은걸요. 하지만 이젠 할아버지와 함께 나갈래요. 저는 아직 배울 것이 많으니까요."

"잘 드는 창을 하나 구해서 늘 배에 가지고 다녀야겠다. 포드 자동차의 낡은 스프링 조각으로 창날을 만들면 될 거야. 구아나바코아에 가서 갈아오면 되니까. 그것은 불에 달구지 않아서 부러지기는 쉬울 테지만, 날카롭기는 할걸. 내 칼이 부러졌단다."

"제가 어디서 칼을 하나 구해올게요. 그리고 스프링도 갈아오구요. 폭풍이 며칠이나 계속될까요?"

"아마도 사흘은 가겠지. 어쩌면 그 이상 계속될지도 모르겠다만."

"제가 뭐든지 다 준비해둘게요."

소년이 말했다.

"할아버지는 손이나 빨리 치료하도록 하세요."

"그거야 치료하는 법을 내가 잘 알고 있지. 그런데 말이다, 밤중에 뭔가 이상한 것을 토했는데, 가슴이 찢어지는 것 같은 기분이 들었단 말이야."

"그것도 빨리 치료하시구요."

소년이 말했다.

"누우세요, 할아버지. 제가 깨끗한 셔츠를 갖다 드릴게요. 뭔가 잡수실 것도 좀 가져오구요."

"내가 없던 동안의 신문이 있거든 가져다주렴."

노인이 말했다.

"할아버지는 얼른 나으셔야 해요. 저는 아직 할아버지한테 배울 것이 너무나 많아요. 또 할아버지는 저에게 모든 것을 가르쳐주셔야 해요. 그런데 할아버지, 얼마나 고생이 많으셨어요?"

"굉장히 고생했지."

노인이 대답했다.

"그럼, 먹을 것과 신문을 가져오겠어요. 푹 쉬세요, 할아버지. 손에 바를 약도 사서 올게요."

"페드리코한테 고기 머리를 주겠단 말도 잊지 않도록 해야 한다."

"그럼요. 잊어버리지 않을게요."

소년은 문을 열고 밖으로 나갔다. 발길에 닿는 산호초로 된 길을 걸어가면서 또 울었다.

그날 오후 테라스에는 관광객 일행이 모여들었다. 그들은 빈 맥주 깡통과 죽은 꼬치어가 흩어져 있는 곳에서 바다를 내려다보았다. 어떤 부인이 큰 꼬리가 달린 거대한 고기의 뼈를 발견했다. 꼬리가 흔들렸다. 동풍이 항구 밖에서 줄곧 커다란 파도를 밀어 보냈기 때문이었다.

"저게 뭐죠?"

부인이 거대한 고기의 등뼈를 가리키면서 옆에 있던 급사에게 물었다. 그때 마침 고기의 뼈는 조류를 타고 밀려 나가고 있었다.

"티부론이죠."

급사가 대답했다.

"상어의 일종이랍니다."

급사는 사투리가 섞인 영어로 고쳐 말했다. 그리고 그는 거기에 얽힌 이야기를 열심히 설명하려고 했다.

"어머나, 난 상어가 그렇게 잘생기고 멋진 꼬리를 가졌는지는 정말 몰랐군요."

"응, 그래. 나도 몰랐어."

곁에서 부인의 동행인 남자가 말했다.

길 위쪽 판잣집에서는 노인이 다시 잠을 자고 있었다. 노인은 여전히 엎드려서 잤다. 소년이 그 곁에 앉아서 노인을 지켜보았다. 노인은 사자 꿈을 꾸었다.

킬리만자로의 눈

킬리만자로는 높이가 5,895미터나 되는 눈 덮인 산으로, 아프리카에서 가장 높은 산이라고 일컫는다. 킬리만자로의 서쪽 봉우리는 마사이어로 '누가예 누가이', 즉 신의 집이라고 불린다. 서쪽 봉우리 가까운 곳에는 메말라 얼어붙은 한 마리 표범의 사체가 있다. 그런 높은 곳에서 표범이 무엇을 찾고 있었는지 아무도 설명해주는 사람이 없었다.

"신기한 일이로군, 고통이 감쪽같이 없어졌으니. 그래서 죽음이 시작되는 것을 알게 되는 거지."

사나이는 말했다.

"그게 정말이에요?"

"정말이구말구. 그런데 이런 냄새를 풍겨서 정말 미안해. 당신도 괴로울 텐데 말이야."

"그만두세요! 제발 그런 말씀은 마세요."

"저것들을 좀 봐."

그는 말했다.

"저것들이 저렇게 모여드는 건 내 꼴을 보았기 때문일까 아니면 냄새 때문일까?"

사나이가 누운 침대는 미모사나무의 넓은 그늘 속에 놓여 있었다. 사나이가 바라본, 그늘 너머로 반짝이는 들판에는 커다란 새 세 마리가 흉측하게 웅크리고 앉아 있었고 하늘에는 열두어 마리가 날고 있었다. 그 새들은 들판 위를 이리저리 오가며 재빨리 움직이는 그림자를 땅에 던졌다.

사나이가 말했다.

"저놈들은 트럭이 고장 난 그날부터 줄곧 저기에 있었지. 저놈들이 땅에 내려앉은 건 오늘이 처음일 거야. 나는 저 새들을 언젠가 소설에다 써먹으려고 처음에는 날아다니는 모양을 주의 깊게 관찰하기도 했는데 말이야. 하지만 이제는 우스꽝스러운 일이 되고 말았군."

"소설에 저것들 얘기는 안 쓰셨으면 좋겠어요."

"그냥 지껄여보는 거지. 이렇게 지껄이고 있으면 훨씬 편한 것 같으니까 말이야. 그렇지만 당신을 성가시게 하고 싶지는 않아."

"저에게 성가실 것은 전혀 없어요. 아시면서 그러세요. 아무것도 해드리지 못해서 안타까울 뿐인걸요. 비행기가 올 때까지는 될 수 있는 대로 안정하고 계셔야 할 것 같아요."

"혹은 비행기가 오지 않을 때까지란 말도 되겠구려."

"제가 할 수 있는 일이나 어서 말씀해주세요. 뭔가 제가 할 수 있는 일이 꼭 있을 거예요."

"그럼 내 다리나 잘라주구려. 그러면 고통도 없어질 테구. 하지만 그 효과는 의심스럽지. 아니면 나를 쏴 죽이든지. 이젠 당신도 명사수니까. 내가 당신에게 사격술을 가르쳐주었잖아."

"제발 그런 식으로 말씀하지 마세요. 책이라도 읽어드릴까요?"

"무슨 책을 읽겠단 말이오?"

"가방 속에 들어 있는, 아직 읽지 않은 걸루요."

"난 듣고 있을 수가 없어. 지껄이고 있는 게 제일 편해. 서로 입씨름을 하고 있으면 시간도 쉽게 지나가구 말이야."

"전 싸움은 싫어요. 싸울 생각도 전혀 없구요. 우리 더는 싸우지 말기로 해요. 아무리 화가 나는 일이 있더라도 말이에요. 아마 오늘쯤 사람들이 다른 트럭을 가지고 돌아올 거예요. 어쩌면 비행기도 올 거구요."

"난 꼼짝도 하기 싫다니까."

그는 말했다.

"당신을 좀 더 편하게 해주기 위해서라면 몰라도 이제 움직인다는 것은 어리석은 짓이야."

"그건 비겁해요."

"괜히 남의 욕일랑 하지 말고 마음 편히 죽게 내버려둘 수는 없겠소? 내게 욕을 한들 무슨 소용이 있겠다고."

"당신은 죽지 않아요."

"바보 같은 소린 작작 하라니까. 나는 지금 죽어가는데. 저 빌어먹을 놈들한테 물어보구려."

그는 북실북실한 털 속에 벌거숭이 머리를 파묻고 앉아 있는 큼직하고 추악하게 생긴 새들을 바라다보았다. 네 번째 놈이 땅으로 잽싸게 내려와서 다른 새들이 모여 앉은 곳으로 어기적거리며 다가갔다.

"저런 새들은 캠프마다 있는걸요. 당신 눈에 띄지 않았을 뿐이에요. 당신이 절망하지만 않는다면 죽지 않을 거예요."

"그따위 말은 어디서 또 읽었지? 천하의 바보 같으니."

"다른 사람의 일이라도 생각해보시지 그러세요?"

"제기랄, 그게 지금껏 내가 해왔던 일이란 말이오."

그리고 그는 드러누웠다. 잠시 말이 없었다. 타는 듯한 무더위로 이글거리는 건너편 숲의 가장자리를 바라보았다. 그곳에는 노란 벌판을 배경으로 조그맣고 하얀 숫양이 몇 마리 있었다. 멀리 저쪽에는 파란 숲을 배경으로 한 무리의 얼룩말이 하얗게 보였다.

그가 누운 곳은 언덕을 등지고 큰 나무 그늘 밑에 자리 잡은 쾌적한 야영지였다. 바로 곁에 있는 물 좋은 샘물은 거의 말라버렸지만 그 곁으로 아침마다 들꿩들이 날곤 했다.

"책이라도 읽어드릴까요?"

그녀가 물었다. 그녀는 침대 옆 캔버스 의자에 앉아 있었다.

"산들바람이 불어오는군요."

"아니, 읽을 필요 없어."

"아마 트럭이 올 거예요."

"트럭 따위가 나하고 무슨 상관이야."

"전 상관이 있어요."

"당신은 내가 관심 두지 않는 일에 공연한 걱정을 한단 말이야."

"그렇지 않아요, 해리."

"한잔하면 어떨까?"

"당신에겐 해로울 거예요. 블랙 의학서에도 모든 알코올류는 피하라고 적혀 있어요. 그러니까 절대 드시면 안 되지요."

"몰로!"

그는 밖을 향해 외쳤다.

"예, 나으리."

"위스키 소다를 가져와."

"예, 나으리."

"안 된다니까요."

그녀는 만류했다.

"제가 말씀드린 절망이란 바로 그런 거예요. 책에도 술은 해롭다고 적혀 있고, 저 역시 당신에게 술이 해롭다는 것을 알고 있답니다."

"아니야, 내겐 좋다니까."

그는 말했다.

모든 것이 끝장났다고 그는 생각하고 있었다. 이제 그것을 끝맺을 기회는 영영 없을 것이다. 이렇게 술을 가지고 실랑이를 하다가 죽는 거다. 오른쪽 다리에 괴저(壞疽)가 생긴 이래로, 거의 고통을 느끼지 않았고 고통과 더불어 공포감마저 사라져버린 지금은 오직 격심한 피로와 이것이 끝장이구나 하는 울화만 남아 있었다. 그는 닥쳐오는 죽음에 대해서는 호기심조차 갖지 않았다. 몇 해 동안 죽음은 그의 마음속에서 떠나지 않았지만, 지금은 그것 자체가 무의미했다. 피곤해지면 죽음조차도 대단치 않게 생각되다니 이상한 일이었다.

좋은 글을 쓰기 위하여 충분히 이해하게 될 때까지 간직해두려던 일들도 이젠 결국 쓰지 못할 것이다. 그렇다면 써보려다가 실패하는 일도 결국 없을 것이다. 어차피 쓸 능력이 없었는지도 모른다. 그러기에 차일피일 미루어오다가 시작도 못 한 것이 아닐까. 아무튼 이제 그는 도무지 아무것도 알 수가 없었다.

"차라리 이곳에 오지 않았더라면 좋았을 걸 그랬어요."

그녀는 말했다. 그녀는 유리컵을 들고 입술을 꼭 깨물며 그를 바라보았다.

"파리에 있었더라면 이런 변은 당하지 않았을 거예요. 당신은 늘 파리가 좋다고 하셨죠. 우린 파리에 머무를 수도 있었고, 또 다른 어느 곳에라도 갈 수 있었어요. 저는 어디라도 따라갔을 거예요. 당신이 원하는 곳이라면 어디라도 가겠다고 말했지요. 사냥을 원하셨더라면 헝가리로 가서 즐겁게 지낼 수 있었을 거예요."

"그 빌어먹을 당신 돈으로 말이지."

그는 말했다.

"그 말은 온당치 않아요. 돈은 언제나 저의 돈인 동시에 당신 돈이었던 거예요. 저는 모든 일을 다 버리고 당신이 가자는 곳으로 갔고, 원하시는 일이라면 무엇이든지 다 해왔어요. 하지만 이곳만은 안 왔더라면 좋았을 뻔했어요."

"당신도 이곳이 좋다고 하지 않았어."

"당신 몸이 성했을 땐 좋았죠. 하지만 지금은 지긋지긋해요. 우리가 무슨 짓을 했기에 이런 변을 당해야 한단 말이에요?"

"난 처음 긁혀서 상처가 생겼을 때 소독약을 발라야 하는 것을 깜빡 잊었을 뿐이오. 나는 병독에 감염되지 않는 체질이니까 그땐 전혀 무관심했지. 그러다가 나중에 악화되었을 때는 다른 소독약이 떨어져 고약한 석탄산액을 사용한 탓으로 핏줄이 막히고 그만 괴저가 생겼단 말이오."

그는 그녀를 쳐다보며 말을 이었다.

"그밖에 또 무슨 일이 있겠소?"

"저는 그런 뜻으로 말한 게 아니에요."

"그 풋내기 키쿠유족 운전사 대신 훌륭한 기술자를 두었더라면, 차의 기름이 있는지도 살폈을 테고 또 베어링도 태우지 않았을 거야."

"그런 뜻이 아니라니까요."

"당신이 당신 가족들이랑 그 망할 놈의 올드 웨스트버리라든지 새러토거라든지 팜 비치의 패거리와 헤어져 나를 따라오지 않았더라면……."

"아니에요, 나는 당신을 사랑했으니까요. 그런 말씀은 너무 심하세요. 지금도 저는 당신을 사랑하고 있어요. 언제까지나 사랑하겠어요. 당신은 저를 사랑하지 않으세요?"

"사랑한다고 생각하지 않아. 한 번도 사랑한 적이 없어."

"해리! 무슨 말씀을 그렇게 하세요? 당신 머리가 좀 돌았나 봐요."

"아니야. 내겐 돌 만한 머리도 없어."

"그건 마시면 안 돼요. 여보, 제발 그건 마시지 마세요. 우리가 할 수 있는 일은 다 해봐야 하지 않겠어요."

"당신이나 하구려. 난 피곤해."

지금 그는 마음속에서 카라카치역을 보고 있다. 그는 손에 짐을 들고 있다. 어둠을 뚫고 달려오는 것은 '생플롱 오리엔트' 철도 회사 소속의 열차에서 비치는 헤드라이트다. 그는 그때 퇴각 후, 트라케를 막 떠나려는 참이었다. 이것도 그가 후일에 글을 쓰려고 간직해두었던 일들 중 하나다. 그날 아침 식사 때 창밖으로 불가리아의 눈 덮인 산을 바라보았던 일. 저것이 눈이냐고 난센의 비서가 노인에게 묻는다. 노인은 창밖을 바라보면서, 아니야, 저건 눈이 아니야, 눈은 아직 철이 일러, 라고 대답한다. 비서는 딴 여자들에게, 이것

봐, 저건 눈이 아니래, 하고 되풀이한다. 그러자 여자들은 저건 눈이 아니래, 우리가 잘못 봤어, 하고 다 같이 말한다. 그러나 그것은 틀림없는 눈이었다. 그가 주민들의 교대 입주를 추진했을 때, 그들을 눈 속으로 보냈다. 그들이 밟고 간 것은 눈이었고, 그해 겨울 그들은 죽고 말았다.

그해 크리스마스에 가우엘탈 산악 지대에는 일주일 동안 계속 눈이 내렸다. 그들은 크고 네모난 사기 난로가 방 절반을 차지하는 나무꾼 집에 묵었고, 밤나무잎을 넣은 요를 깔고 잠을 잤다. 그때 탈주병 하나가 피투성이가 된 발로 눈 속을 걸어왔다. 탈주병은 헌병이 그의 뒤를 쫓고 있다고 말했다. 그들은 그에게 털양말을 주고 도망치게 하고는 그의 발자국이 눈으로 다시 뒤덮이게 될 때까지 이야기를 늘어놓으며 헌병을 붙들어두었다.

슈룬츠에서 보낸 크리스마스 날, 눈 때문에 너무나 환해서 주막에서 밖을 내다보면 눈이 아플 정도였다. 사람들이 교회에서 집으로 돌아오는 모습이 보였다. 소나무가 우거진 가파른 언덕에 둘러싸인 강기슭을 따라 썰매 덕분에 매끈매끈해지고 오줌처럼 노랗게 물든 길을 무거운 스키를 어깨에 짊어지고 올라간 곳이었다. 또 그들이 마드레너 산장 왼쪽의 빙하를 달려 내려간 곳도 그곳이었다. 눈은 과자에 뿌려놓은 설탕처럼 부드럽고 가루분같이 가벼웠다. 그는 속력을 더하며 소리 없이 달려 내려오던 기분이 흡사 새와 같다고 생각했다.

그때 그들은 눈보라 때문에 일주일 동안이나 마드레너 산장에 갇

혀 자욱한 담배 연기 속의 등잔불 옆에서 카드놀이만 했다. 렌트 씨가 지면 질수록 판돈은 커져만 갔다. 결국 렌트 씨는 몽땅 잃고 말았다. 스키 강습에서 번 돈도, 시즌에 올린 이익금도, 심지어는 밑천까지도 몽땅 잃어버렸다. 코가 긴 렌트 씨가 카드를 집어 들고는 "볼 필요도 없어" 하며 내던져버리던 모습이 눈에 선했다. 그때는 항상 노름을 했다. 눈이 안 온다고 노름을 하고 눈이 너무 많이 온다고 노름을 했다. 그는 지금까지의 생활 속에서 노름에다 낭비해버린 모든 시간을 생각해보았다.

그러나 그는 그런 것에 관해서는 한 줄도 쓴 적이 없었다. 또한 들판 너머로 산맥이 뚜렷이 보이던, 그렇게도 혹독하게 춥고 밝게 개인 크리스마스 날, 존슨의 비행기가 전선 너머로 출격해서 오스트리아 장교들을 태운 휴가 열차를 폭격하고 뿔뿔이 흩어져 도망가는 그들에게 기총 소사를 가했던 일에 관해서도 쓴 일이 없었다. 그 후 존슨이 식당에 들어와서 그때의 이야기를 시작하던 일도 생각이 났다. 모두 말없이 듣고만 있다가 누군가가 말했다.

"예끼, 끔찍한 살인자 같으니라구!"

그 후 그와 함께 스키를 타던 사람들은 당시 그들이 죽인 사람과 같은 바로 오스트리아인들이었다. 아니, 똑같은 사람은 아니었다. 겨우내 함께 스키를 탔던 한스는 카이저의 경보병대에 소속되어 있었다. 두 사람이 함께 제재소 위쪽 계곡으로 토끼 사냥을 갔을 때 그들은 파슈비오 전투와 페르티카와 아살로네의 공격담을 서로 나누기도 했다. 그러나 그 이야기에 관해서도 그는 한마디 쓰지 않았다.

몬테 코르노, 시에테 코뮌, 아르시에도에 대해서도 쓰지 않았다.
 몇 해 겨울을 보랄베르그와 알베르그에서 보냈을까? 네 번의 겨울을 보냈다. 그리고 그들이 걸어서 부르덴츠로 갔을 때 여우를 팔러 온 사나이가 머리에 떠올랐다. 그땐 선물을 사러 간 것이었다. 고급 키르슈주(酒)의 살구씨의 진미, 그리고 단단히 얼어붙은 땅 위에 쌓인 가루눈이 휘날리도록 달려 내려가면서 "하이! 호! 롤리는 말했네!" 하고 노래 불렀다. 그리고 험한 골짜기의 마지막 직선 코스를 달려 내려가다 다시 코스를 바로잡았고 과수원을 세 바퀴 돌고 빠져나와 도랑을 넘어 숙소 뒤 빙판길로 나왔다. 동여맨 끈을 툭툭 쳐서 느슨하게 한 후 스키를 벗어 숙소 판자벽에 세워놓는다. 등잔 불빛이 창에서 흘러나온다. 안에서는 자욱한 담배 연기와 새 포도주에서 풍기는 따스한 향기에 싸여 모두 아코디언을 켜고 있었다.

 "파리에선 우리 어디 머물렀지?"
 지금은 아프리카에서 자기 옆 캔버스 의자에 앉아 있는 여인에게 그는 물었다.
 "크리용이었죠. 아시면서."
 "그걸 내가 어떻게 알아?"
 "우리가 늘 머물던 곳이에요."
 "아니야, 늘 머물던 곳은 아니야."
 "그곳과 생제르맹가(街)의 '앙리 4세관' 두 군데였어요. 당신은 그곳이 좋다고 하셨어요."

"좋아하다니, 아니 그건 또 무슨 똥 무더기 같은 소리야."

해리는 말했다.

"그리고 나는 그 똥 무더기 위에 올라앉아 우는 수탉과 같은 신세란 말이야."

"만약 부득이 떠나시게 된다면 말이에요, 당신은 뒤에 남은 모든 것을 다 때려부숴야만 하겠다는 말씀이에요? 이를테면 뭐든지 다 가지고 가야만 한단 말이에요? 당신의 말도 아내도 죽이고 안장도 갑옷도 모두 태워버려야만 속이 후련하시겠어요?"

"그렇다니까. 당신의 그 망할 놈의 돈이 바로 내 갑옷이었어. 나의 스위프트였고 나의 아머이기도 했다니까*."

"그만하세요."

"좋아, 그만두지. 당신을 괴롭히고 싶지는 않으니까."

"이젠 좀 늦었어요."

"그렇다면 좋아. 좀 더 괴롭혀주지. 그게 더 재미있으니까. 내가 당신과 같이 하기를 정말 좋아했던 그 단 한 가지 일도 지금의 나는 할 수가 없게 되어버렸으니."

"아니에요, 그건 그렇지 않아요. 당신은 여러 가지 일을 하길 좋아하셨죠. 당신이 하고 싶어 한 일이라면 저는 무엇이든지 한 걸요."

"제발 자기 자랑 따위는 그만둘 수 없겠어?"

그는 그녀를 쳐다보았다. 그녀는 울고 있었다.

---

* 스위프트와 아머는 다같이 시카고의 통조림 공장을 경영하는 유명한 거부이다.

"이봐요."

그는 다시 입을 열었다.

"당신은 내가 장난삼아 이런 말을 하고 있다고 생각하는 거야? 내가 왜 이런 말을 하고 있는지 나도 모르겠군. 당신을 살리려는 것이 도리어 당신을 죽이려 드는 것만 같은 생각이 들어. 얘기를 시작했을 땐 나도 제정신이었는데. 이렇게 될 생각은 없었어. 그런데 지금은 완전히 돌아버린 것 같군. 그리고 당신에게 될 수 있는 대로 지독하게 굴려고 하고 있어. 이봐요, 내가 하는 말에 조금도 신경을 쓰지 말라구. 난 당신을 사랑하고 있어. 진정으로 사랑한단 말이오. 사랑한다는 걸 당신도 알고 있잖소. 그리고 나는 지금까지 당신을 사랑하듯 다른 그 누구도 사랑한 일이 없었소."

그는 익숙해진 거짓말 속으로 미끄러지듯 빠져들어갔다. 지금까지 그 거짓말로 그는 빵과 버터를 벌어왔다.

"당신은 정말 저에게 다정하신 분이세요."

"요 암캐 같으니라구. 이 돈 많은 암캐야. 이건 시(詩)라구. 내 머릿속에는 지금 시가 가득 차 있어. 헛소리와 시. 헛소리 같은 시가 말이야."

"그만두시라니까요, 해리. 왜 당신은 지금 악마가 되어야 하는 거예요?"

"나는 뭐든지 남겨두고 가고 싶진 않아."

그는 말했다.

"아무것도 뒤에 남겨두고 가고 싶지 않단 말이야."

킬리만자로의 눈   149

어느덧 저녁이 되었다. 그는 잠이 들었다. 석양은 언덕 너머로 지고 들판에는 어둠이 깔렸다. 작은 짐승들이 캠프 근처에서 먹을 것을 찾고 있었다. 머리를 잽싸게 굽히기도 하고 꼬리를 휘두르기도 했다. 이제는 짐승들이 숲에서 제법 먼 이곳까지 나온 것을 볼 수 있었다. 땅 위에 있는 새는 한 마리도 없었다. 새들은 모두 나무 위에 무겁게 올라앉았다. 새들의 수는 전보다 더 많아졌다. 심부름하는 소년이 침대 옆에 앉아 있었다.
"마님은 사냥 가셨어요."
소년이 말했다.
"주인님, 뭐가 필요하세요?"
"아무것도 필요 없다."
그녀는 찬거리가 될 고기를 잡으러 나갔다. 그가 사냥 구경을 좋아한다는 것을 알고 있었지만, 그가 바라볼 수 있는 이 들판의 작은 지대만은 소란스럽게 하지 않으려고 꽤 먼 곳까지 나갔다. 항상 생각이 깊은 여자로구나, 하고 그는 생각했다. 그녀는 알고 있는 것, 읽은 것, 또 들은 것에 대해서 언제나 생각이 깊은 여자였다.
그가 그녀를 가까이했을 때 이미 폐인이 되어 있었다는 것이 여자의 책임은 아니었다. 남자가 마음에도 없는 허튼소리를 늘어놓고 있다는 것을 여자가 어떻게 안단 말인가. 또한 오로지 입버릇이나 심심풀이로 지껄이는 것을 여자가 어떻게 안단 말인가. 그가 마음에도 없는 말을 지껄이게 된 뒤로 그의 거짓말은 진실을 얘기할 때보다 오히려 여자들에게는 더 효과적이었다.

그가 거짓말을 했다기보다는 오히려 얘기할 만한 진실이 없었던 것이다. 그는 인생을 마음껏 즐겼고, 그것이 끝장나자 이번에는 돈을 더 많이 가지고 같은 장소에서도 최상의 인물들과 새로운 사람들을 상대로 자기의 생활을 다시 시작했다.

생각만 하지 않는다면 새 생활은 아주 멋진 것이었다. 속을 단단히 차리면 대부분의 사람들이 빠져들어가는 것처럼 지리멸렬하게 되지는 않는다. 지금까지 해오던 일에 대해서는 이제 더는 할 수도 없게 되었거니와 조금도 흥미가 없다는 태도를 취하면 된다. 그러나 마음속으로는 이들 큰 부자들에 대한 이야기를 써보리라, 나는 그들의 동료가 아니라 사실상 그 사회의 스파이다, 그러므로 나는 그 사회를 벗어나서 그것에 대해서 써보리라, 그러니까 언젠가 한 번은 자기가 쓰는 대상에 대해 잘 알고 있는 어느 작가가 쓰리라 생각했다.

그러나 그는 결코 쓰려고 하지 않았다. 왜냐하면 아무것도 쓰지 않고 안일만을 일삼으며 자기 스스로가 멸시한 그런 인간이 되어버린 매일의 생활이 그의 재능을 무디게 만들어버렸고, 일에 대한 의욕마저 희미하게 만들었기 때문에 결국 아무것도 쓰지 못하게 되고 말았다. 그가 지금 사귀는 인간들은 일을 하지 않을 때 더 기분 좋게 사귈 수 있는 그런 인간들이었다.

아프리카는 그의 인생에서 가장 행복하게 지낸 곳이었다. 그래서 그는 새출발하려고 이곳을 찾아왔다. 그들은 이 사냥에서마저 즐거움을 최소한도로 줄였다. 큰 고생도 없었다. 그렇다고 호화로운 사치도 없었다. 이렇게 해서 다시 훈련 같은 생활로 되돌아갈 수 있으려니 생각했다. 마치 권투 선수가 몸의 지방질을 빼기 위해서 산으로 들어가 훈련하고 단련하는 것처럼 그도 어떤 방법으로 그의 정신을 둘러싼 지방질을 벗겨버릴 수 있겠다고 생각했다.

그녀도 기뻐했다. 정말 좋은 일이라고 말했다. 자극적이며 생활의 변화가 따르는 일이라면 그녀는 무엇이든 좋아했다. 거기에는 처음 만나는 사람들이 있고 모든 것이 재미있기만 했다. 그래서 그는 일할 의욕을 되찾게 될 것이라는 착각을 하고 있었다. 그러나 지금 이렇게 일생을 끝내야 한다고 하더라도, 등뼈가 부러졌을 때 제 몸뚱이를 물어뜯는 뱀처럼 자기 자신과 맞설 수는 없다는 것을 그 자신도 알았다. 이렇게 된 것도 그녀의 탓은 아니다. 만일 이 여자가 아니었더라도 다른 여자가 있었을 것이다. 그가 거짓말로 일생을 살아왔다면 끝내 거짓말로 죽어야만 할 것이다. 언덕 너머에서 한 발의 총소리가 들려왔다.

그녀의 총 솜씨는 훌륭했다. 착하고 돈 많은 암캐, 친절한 시중꾼, 그리고 그의 재능의 파괴자였다. 어리석은 소리, 그의 재능은 그 자신이 파괴하지 않았던가. 그의 시중을 잘 들어주었기 때문에 그녀를 비난할 아무런 이유도 없었다. 재능을 망치게 된 것은 그가 자기 재능을 사용하지 않았기 때문이고, 그 자신과 자신이 믿는 바를 배반했기 때문이다. 지각(知覺)의 칼날을 무디게 할 정도로 술을 지나치게 마셨기 때문이다. 또한 태만과 타성, 그리고 속물근성 때문이었으며, 자부심과 편견과 그밖에 수단 방법을 가리지 않은 행위 때문이다. 도대체 이게 무어란 말인가? 헌책들의 목록이란 말인가? 도대체 그의 재능은 어떤 것인가? 그것은 분명히 하나의 재능이긴 했으나 그는 재능을 제대로 사용하는 대신 악용하고 말았던 셈이다. 그의 재능이란 실제로 성취된 것이 아니라 언제나 노력하면 할 수 있다는 가능성이었다. 그가 생계를 영위하기 위해 선택한 것은 펜이나 연필이 아니라 다른 그 무엇이었다.

그가 다른 여자와 사랑을 하게 되면 그 여자는 으레 그 전 여자보다 돈이 많은 여자였다는 것도 또한 이상한 일이 아닌가? 그러나 그가 이렇게 누운 채 이미 사랑하지도 않으면서 거짓말만 늘어놓게 되는 지금의 이 여자로 말하면, 누구보다도 돈이 많고 생활을 도맡아 하며, 과거에는 남편과 자식들이 있었고 애인들도 있었지만, 그들에게는 만족하지 못하고 그를 한 작가로서, 남자로서, 반려자로서, 자랑스러운 소유물로서 지성껏 극진히 사랑한다. 이 여자를 전혀 사랑하지도 않을뿐더러 거짓말만 늘어놓고 있는데 과거에 그가 진실로 사랑했던 때보다 여자의 돈에 대해서 더 많은 보상을 할 수 있다니 정말 이상한 일이다.

사람이란 제각기 자기가 하는 일에 틀림없이 적응하게 되어 있다고 그는 믿어왔다. 어떤 형태의 생계를 꾸려 나가든지 거기엔 각자의 재능이 있게 마련이다. 그는 자기 일생을 통해서 어떠한 형식으로든 자기의 정력을 팔아왔다. 애정에 너무 깊이 빠지지 않았을 때 인간은 돈에 대해서 더 큰 가치를 인정하게 된다. 그는 이 사실을 발견했지만 그것에 대해서도 쓸 수 없었다. 쓸 만한 가치가 충분히 있었지만 그는 쓰려고 하지 않았다.

이윽고 그녀의 모습이 나타났다. 빈터를 가로질러 캠프 쪽으로 걸어오고 있었다. 승마용 바지 차림에 소총을 들었다. 두 소년이 숫양 한 마리를 어깨에 메고 그녀의 뒤를 따라왔다. 아직은 아름다운 여자로군, 하고 그는 생각했다. 게다가 아름다운 육체도 가지고 있다. 잠자리에서도 훌륭한 재능과 감상력을 보여주었다. 미인은 아니지만 그는 그녀의 얼굴이 마음에 들었다. 상당한 독서가였다. 승마와 사냥을 좋아했고, 술은 분명히 지나치게 마셨다. 남편은 그녀가 아직 젊었을 때 세상을 떴다. 얼마 동안은 어린 두 자녀에게만 정성을 쏟았다. 그러나 자녀들은 곧 어머니를 필요로 하지 않게 되었고 그녀가 옆에 있는 것을 귀찮게 여겼다. 그래서 결국 그녀는 승마와 독서, 그리고 술에 빠져버린 듯했다. 저녁 식사 전 오후 시간에는 독서를 즐겼고, 책을 읽으면서도 스카치 소다를 마셨다. 식사 시간까지는 제법 취하게 되어 식사 때 포도주 한 병을 더 마시면 만취해서 잠드는 것이 보통이었다.

애인이 생기기 전의 일이었다. 애인이 생긴 후로는 지나치게 술을 마시는 일은 없었다. 취해서 잠들 필요가 없었기 때문이다. 그러나 애인들은 그녀를 싫증 나게 했다. 죽은 남편은 한 번도 그녀를 싫증 나게 한 일이 없었는데, 이 사람들은 정말 그녀를 진저리나게 했다.

그 무렵 두 자녀 중의 한 아이가 비행기 추락 사고로 죽었다. 이 사고를 당한 후부터는 애인을 가지고 싶어 하지 않았다. 술도 마취

제 역할을 하지 못했기 때문에 이제는 다른 생활을 하지 않을 수 없게 되었다. 그녀는 갑자기 자기가 고독하다는 것을 느끼고 소스라치도록 놀랐다. 그녀에게 필요한 것은 존경할 수 있는 남자였다.

일은 지극히 단순하게 시작되었다. 그녀는 그의 글을 좋아했고 그가 영위하는 생활을 항상 부러워했다. 그는 자기가 하고 싶은 일을 하는 바로 그런 사람이라고 생각했다. 그녀가 그를 얻게 된 경위와 마침내 그를 사랑하게 된 경위는 그녀 자신을 위한 새로운 생활을 성취하는 일이었고, 또한 그로서는 자기의 낡은 생활의 잔재를 팔아버렸다는 순조로운 진전의 일부분에 지나지 않았다.

그는 안정된 생활과 위안을 얻기 위해서 낡은 생활을 팔아버린 것이다. 그것은 부인할 수 없는 사실이기도 했다. 그밖에 또 다른 무슨 이유가 있겠는가? 자신도 알 수 없는 일이었다. 그가 원하는 것이라면 그녀는 무엇이든 사주었다. 그도 그것은 알고 있었다. 게다가 그녀는 아주 세련된 여자였다. 그녀는 다른 어떤 여자보다 잠자리를 같이하고 싶어지는 여자였다. 왜냐하면 그녀는 누구보다도 돈이 많았고 쾌활하며 안목이 높았을 뿐만 아니라 수다를 떠는 일이 없기 때문이었다.

그런데 그녀가 성취한 이 생활에 종말이 가까워져왔다. 그 발단은 2주 전 그들이 한 떼의 영양 사진을 찍으려고 앞으로 나가다가 그가 무릎을 가시에 찔리고도 그 상처에 소독약을 바르지 않은 것에서부터 시작되었다. 그때 영양의 무리는 머리를 치켜들고 콧구멍으로 공기를 들이마시면서 귀를 쫑긋 세운 채 무슨 소리가 나기만

하면 숲속으로 도망쳐 들어갈 태세로 서 있었다. 결국 사진을 찍지도 못하고 영양들은 도망을 치고 말았다.

그녀가 옆으로 가까이 다가왔다. 그는 침대 위에서 머리를 돌려 그녀 쪽을 바라보았다.

"여보!"

그가 불렀다.

"숫양 한 마리를 쏘았어요."

그녀가 말했다.

"당신이 맛있게 먹을 수프 재료가 될 거예요. 크림과 감자를 약간 다져드릴게요. 기분은 좀 어떠세요?"

"훨씬 좋아진 것 같군."

"정말 반가운 일이에요. 제 생각에도 좋아질 것 같았으니까요. 제가 사냥하러 나갈 때 당신은 주무시고 계시더군요."

"한잠 잔 셈이야. 어디 멀리 갔었소?"

"아뇨. 바로 저 언덕 너머로 갔어요. 숫양 한 마리를 단번에 쏘았죠."

"당신, 사격 솜씨가 대단한데."

"전 사냥을 좋아해요. 아프리카도 좋아하구요. 정말 당신의 몸만 성하다면 세상에서 제일 즐거울 거예요. 당신과 함께 사냥하러 갔던 즐거움을 당신은 짐작 못 하실 거예요. 저는 이 고장이 좋아졌어요."

"나 역시 좋소."

"여보, 당신 기분이 좋아진 걸 보는 게 저에겐 얼마나 기쁜 일인지 모르실 거예요. 아까와 같은 그런 기분으로 계신다면 정말 견딜 수 없을 것 같아요. 다시는 그런 말 안 하시죠? 약속해주시겠어요?"

"안 돼. 내가 무슨 말을 했는지 기억이 나지 않아."

"당신, 이제 저를 파멸시키지 말아주세요, 네? 이젠 저도 중년 여자일 따름이에요. 저는 다만 당신을 사랑하고 당신이 원하시는 것만 해드리고 싶은 중년 여자일 뿐이죠. 저는 이미 두세 번씩이나 실패를 경험한 여자예요. 당신, 다시 저를 파멸시키고 싶지는 않을 테죠, 그렇죠?"

"당신을 잠자리에서 두세 번 더 골탕 먹이고 싶은데."

그는 말했다.

"좋아요. 그런 골탕이라면 좋구말구요. 여자는 그렇게 되도록 되어 있는가 봐요. 내일은 비행기가 올 거예요."

"어떻게 알지?"

"틀림없이 올 거예요. 꼭 오기로 되어 있는걸요. 아이들은 벌써 연기를 올릴 나무와 풀을 준비해뒀답니다. 오늘도 내려가보고 온걸요. 착륙할 빈터도 충분하고 양쪽 끝에는 연기를 피워 올릴 준비가 다 돼 있어요."

"어떻게 내일 비행기가 올 거란 생각을 했느냔 말이야?"

"꼭 올 거예요. 이미 예정일이 지난걸요. 그러면 도시로 가서 당신 다리를 치료하고, 둘이서 기진맥진해질 때까지 골탕 먹이기로 해요. 당신 말씀과 같은 그런 끔찍하고 무서운 뜻의 골탕 먹는 일이 아니라 말이에요."

"같이 술이나 한잔 하면 어떨까, 해도 저물었으니 말이야."

"꼭 한잔 하셔야겠어요?"

"벌써 한 잔 했는걸."

"그럼 같이 한 잔씩 하기로 하죠. 몰로, 위스키 소다를 두 잔 가져온."

그녀는 소리쳤다.

"모기 막는 장화를 신는 게 좋을 거요."

그가 그녀에게 말했다.

"목욕한 후에 신겠어요……."

짙어가는 어둠 속에서 그들은 술을 마셨다. 아주 캄캄해지기 직전, 그러나 총을 쏠 수 없을 만큼 어두워졌을 무렵에 하이에나 한 마리가 언덕을 돌아 나와 들판을 가로질러 갔다.

"저놈은 매일 밤 저곳을 지나간단 말이야. 2주 동안이나 매일 밤."

그가 입을 열었다.

"밤이면 소리를 지르는 것이 저놈이었군요. 전 별로 개의치 않아요. 하지만 징그러운 짐승이군요."

똑같은 자세로 누워 있는 것이 불편할 뿐 함께 술을 마시면서 그는 아무런 고통도 느끼지 않았다. 소년들이 불을 피우자 그 그림자가 텐트 위에서 어른거렸다. 그는 이 기분 좋은 체념의 생활을 받아들이고 싶은 생각이 다시 살아나는 것을 느꼈다. 그녀는 그에게 이루 말할 수 없을 정도로 친절했다. 그런데 그는 오늘 오후에 지독하게 잔인했고 부당한 짓을 했다. 그녀는 정말 훌륭한 여자였다. 놀라울 정도로. 바로 그때, 자신이 죽음에 직면하고 있다는 생각이 불현듯 그의 머리에 떠올랐다.

그런 생각이 갑자기 떠올라왔다. 물결의 흐름이나 바람 같은 갑작스러운 것이 아니라 까닭 모를 고약한 냄새를 지닌 공허의 습격이었다. 이상하게도 그 하이에나가 공지의 가장자리를 따라 살금살금 미끄러지듯 스쳐 지나갔다.

"왜 그러세요, 해리?"

그녀가 물었다.

"아무것도 아니야. 당신은 이쪽으로 옮겨 앉는 것이 좋겠어, 바람 부는 쪽으로 말이오."

"몰로가 붕대를 갈아드렸던가요?"

"응, 지금은 붕산을 쓰고 있어."

"기분은 어떠세요?"

"약간 어지러운 것 같군."

"저, 목욕을 하고 오겠어요."

그녀가 말했다.

"곧 갔다 올게요. 같이 식사를 하고 나서 침대를 안으로 들여놓읍시다."

그래, 그는 혼잣말로 중얼거렸다. 싸움을 그만두길 잘했군. 그는 그녀와는 그다지 싸움을 자주 하지 않았다. 이전에 그가 사랑했던 여자와는 싸움이 잦았고, 그 결과 싸움의 부작용으로 그들이 공유한 것까지 죽여버리는 일이 흔했다. 그는 지나치게 많이 사랑했으며 요구도 지나치게 많았다. 그래서 모든 것이 이내 바닥이 나버렸다.

   그는 파리를 떠나오기 전 아내와 싸움을 한 끝에 혼자 콘스탄티노플로 갔던 일을 생각해냈다. 그동안 그는 계속 외도했고, 그것에도 지쳐버리자 고독감은 억제할 길 없이 더욱더 심해질 따름이었다. 그는 첫 번째 여자, 자기를 버리고 달아난 그 여자에게 고독을 도저히 참을 수 없다는 사연의 편지를 써 보냈다. ……언젠가 한 번 르장스 극장 밖에서 당신을 본 듯했을 때는 정말 정신이 아찔하고 가슴이 빠개지는 것 같았다느니, 또는 언젠가 불바르가(街)에서 당신과 비슷한 여자를 보고 그 여자의 뒤를 밟아보려고 했지만 혹시 당신이 아니면 어쩌나 하는 두려움이 엄습한 데다가 그대로 간직하고 싶었던 느낌이 깨질까 봐 염려스러웠다느니, 혹은 함께 잠을 잤던 여자들은 누구 할 것 없이 당신 생각만 절실하게 했을 뿐이었다느니, 혹은 또 당신에 대한 사랑은 도저히 지울 수 없다는 것을 안 지금, 내게 대한 당신의 이전 처사는 이제 더는 문제가 되지 않는다느니 하는 따위의 사연들이었다. 그는 이 편지를 냉정하고 진지한 태도로 썼다. 파리의 사무실로 답장을 보내 달라고 써서 뉴욕으로 부쳤다. 그편이 더 안전할 것만 같았다. 그날 밤은 견딜 수 없이 그녀가 그리워져서 마음속이 온통 텅텅 비어버린 듯했다. 택심 술집 앞을 서성거리다가 여자 하나를 붙잡아 저녁 식사하러 데리고 갔다.

식사를 한 후 그녀와 춤추러 갔다. 그 여자의 춤 솜씨가 너무나 서툴러서 그 여자를 버리고 대신 정열적으로 생긴 아르메니아 매춘부로 바꾸었더니, 이 여자는 배때기를 어찌나 그의 배에 갖다 대고 비비대며 흔드는지 불이 날 지경이었다. 그는 이 여자를 영국 포병 하사관과의 싸움 끝에 겨우 빼앗았다. 그 하사관은 그에게 밖으로 나가자고 했다. 두 사람은 어두컴컴한 자갈길에서 결투를 했다. 그는 하사관의 턱을 두 번이나 세차게 후려갈겼으나 하사관은 끄떡도 하지 않았다. 싸움이 본격적으로 시작되었음을 알았다. 하사관은 그의 가슴팍을 치고 눈언저리를 때렸다. 그는 왼손을 휘둘러서 하사관을 한 대 더 갈겼다. 그러자 포병 하사관은 뒤로 자빠지면서 그의 웃옷을 움켜쥐고 소매를 찢어버렸다. 그는 다시 포병의 뒤통수를 두 번 후려갈기고 떠다밀면서 오른손으로 때려눕혔다. 그러자 포병은 머리를 부딪치면서 나가떨어졌다. 그때 헌병이 달려오는 소리가 났다. 그는 여자를 데리고 도망쳤다. 택시를 잡아타고 보스퍼러스 해협을 따라 리미리 횟사를 향해 달렸다. 시원한 밤공기를 마시며 그곳을 한 바퀴 돌고는 되돌아와 잠자리에 들었다. 그 여자는 외모처럼 너무 무르익은 감도 없지 않았으나 살결은 장밋빛으로 부드러웠고 꽃같이 감미로웠으며 뱃가죽은 한없이 매끄럽고 젖통은 컸다. 그리고 엉덩이에 베개를 고일 필요가 없었다. 아침 첫 햇살이 비쳐드는 가운데 그 여자의 정말 망측스럽기 짝이 없는 몰골을 보고 여자가 눈을 뜨기 전에 그곳을 나와버렸다. 눈언저리에 멍이 든 채 페라궁(宮)으로 갔다. 웃옷은 한쪽 소매가 떨어져 나가버렸기 때문에 손에 들고 있었다.

　같은 날 밤 그는 아나톨리아를 향해 떠났다. 그 여행이 끝날 무렵 아편을 만들기 위해 재배하던 양귀비밭을 말을 타고 온종일 달리던 생각이 났다. 차차 이상한 느낌이 들기 시작하더니 마침내 거리감에 혼란을 일으키고 말았다. 그가 다다른 곳은, 그들이 새로 도착한 콘스탄틴의 장교들과 합세해서 공격했던 장소였다. 그 장교들은 전투의 치열함을 전혀 모르는 숙맥들이었다. 포병대는 아군에게 포격을 퍼붓고 영국의 관전무관(觀戰武官)은 어린애처럼 고함을 질렀다.

　그날 처음으로 그는 발레용 흰 스커트 비슷한 것을 입고 술이 달린 장화를 신은 전사자를 보았다. 터키군이 잇달아 쉴 새 없이 떼를 지어 도착했다. 스커트를 입은 병사들이 도망을 치자 장교들은 그들에게 집중 사격을 했다. 마침내는 장교들도 도망을 치는 것이 보였다. 그때 영국 관전무관도 함께 도망쳤다. 숨이 차고 입안에 구리 동전 냄새가 날 때까지 도망치다가 바위 뒤에 숨었다. 터키군은 여전히 떼를 지어 쳐들어왔다. 그는 그 후 상상도 할 수 없는 끔찍한 광경들을 보았고, 좀 더 후에는 더욱더 끔찍한 것을 보았다. 당시 파리로 돌아왔을 때 그런 이야기는 아무에게도 할 수 없었고 또한 차마 듣고 있을 수도 없었다.

　그가 자주 드나들던 카페에서 미국 시인을 보았다. 그 시인은 자기 앞에 커피잔을 쌓아놓고 감자처럼 생긴 얼굴에 멍청한 표정을 짓고서 루마니아의 시인과 더불어 다다이즘 운동에 대한 이야기를 하고 있었다. 이 루마니아 시인의 이름은 '트리스탄 츠아라'였고 항상 단안경을 쓰고 두통을 앓는 듯한 표정을 짓고 있었다. 그는 이제 싸움도 끝나고 미친 사람 같은 행동도 다 씻어내리고 다시금 사랑하는 아내와 함께 아파트로 돌아가서 가정에 몸을 담게 된 것을 기뻐하고 있었다. 그리고 우편물도 사무실에서 아파트로 돌려보내주었다. 어느 날 아침 그가 편지를 써 보냈던 여자한테서 온 답장이 쟁반에 얹혀서 들어왔는데, 그는 겉봉에 쓰인 필적을 보자 가슴이 서늘해져서 그 편지를 급히 다른 편지 밑으로 집어넣으려고 했다. 그러나 아내는 말했다.

"여보, 그 편지 누구한테서 온 거예요?"

그리하여 새로운 생활의 시작도 끝장이 나고 말았다.

그는 여자들과 함께 지냈던 즐거운 시절과 싸움을 한 일도 회상해보았다. 그들은 언제나 싸움하기에 알맞은 장소를 택하곤 했다. 그런데 그가 가장 기분이 좋을 때 항상 싸움이 벌어진 것은 무슨 까닭이었을까? 그는 이와 같은 일에 대해서도 한 번도 쓴 일이 없었다. 그것은 첫째 남을 중상하기 싫어서였고 다음은 그런 일이 아니더라도 얼마든지 쓸 것이 있으려니 생각했기 때문이었다. 그러나 언젠가는 거기에 대해 쓸 때가 있겠다고 늘 생각했다. 쓸 것은 너무나 많았다. 그는 이 세상이 변화하는 것을 보아왔다. 그것도 단지 표면의 사건뿐만이 아니었다. 사건도 많이 보았으며 사람도 많이 관찰했으나, 그것보다는 미묘한 사회의 변화를 보아왔다. 시대의 변화에 따라 사람이 어떻게 변해가는가를 회상할 수 있었다. 그는 변

천하는 사회 속에서 살아왔고, 또한 관찰해왔으므로 그것에 대해서 쓰는 것이 그의 의무이기도 했다. 그러나 이제 와서는 영영 틀려버렸다.

"기분이 좀 어떠세요?"
그녀가 물었다. 그녀는 목욕을 마치고 텐트에서 막 나오는 참이었다.
"괜찮아."
"그럼, 식사를 하시겠어요?"
그는 접는 식탁을 든 몰로와 접시를 든 또 다른 한 소년이 그녀 뒤쪽에 서 있는 것을 보았다.
"글을 쓰고 싶은데."
그가 말했다.
"수프라도 좀 드시고 기운을 차리셔야만 해요."
그녀가 말했다.
"나는 오늘 밤 죽을 것 같아. 기운을 차릴 필요도 없지."
"해리, 제발 그런 신파조의 말씀은 그만해두시라니까요."
그녀는 말했다.
"당신은 그 코를 두었다가 무엇에 쓰려는 게지? 내 넓적다리가 이제 반이나 썩어버렸는데 말이야. 도대체 이제 와서 그 따위 수프는 뭣 때문에 먹어야 한단 말이야? 몰로! 위스키 소다를 이리 가져와."

"제발 수프를 조금이라도 드세요."

그녀는 상냥스럽게 말했다.

"그래, 먹지."

수프는 너무 뜨거웠다. 그는 먹기에 알맞을 때까지 컵을 손에 들고 있어야만 했다. 잠시 후 그는 아무 군소리 없이 수프를 다 마셔버렸다.

"당신은 훌륭한 여자야."

다시 그는 말했다.

"내게는 이제 신경을 쓸 필요가 없다니까."

그녀는 《스퍼》나 《타운 앤드 컨츄리》 같은 잡지에 잘 나오는 낯익고 호감을 주는 그런 얼굴로 그를 쳐다보았다. 다만 술과 잠자리일 때문에 얼굴이 약간 수척해 있을 따름이었다. 《타운 앤드 컨츄리》에도 이처럼 풍만한 젖가슴과 쓸모 있는 넓적다리, 가볍게 허리를 애무해주는 이런 손은 좀처럼 실리지 않았다. 그녀를 바라보면서 그녀의 낯익은 귀여운 미소를 쳐다보는 동안 그는 또다시 죽음이 다가오고 있음을 느꼈다. 이번에도 갑자기 닥쳐오는 것은 아니었다. 촛불을 깜박이게 하면서 불꽃을 높이 불러일으키는 바람처럼 훅 불어왔다.

"나중에 애들을 시켜 내 모기장을 가져오게 해서 나뭇가지에 치고 불을 피우도록 해줘요. 오늘 밤 텐트에는 들어가지 않겠소. 자리를 옮긴댔자 별수 없는 일이오. 오늘은 날씨도 맑고 비도 올 리가 없을 거야."

킬리만자로의 눈 165

이처럼 귀에 들리지도 않는 속삭임 속에서 사람은 죽어가는 것일 게다. 그렇다. 이제는 싸움질도 없을 테지. 그것만은 약속할 수 있다. 지금까지 경험하지 못한 한 가지 경험만은 깨뜨리지 못할 테지. 혹시 이것마저 깨뜨리게 되는지도 모를 일이다. 넌 무엇이든지 다 깨뜨려왔으니까. 하지만 망치지 않을지도 모를 일이다.

"당신, 받아쓰기는 못 하겠지?"

"해본 일이 없어요."

그녀가 말했다.

"그럼 좋아."

물론 이젠 시간도 없어. 하기야 받아쓸 것을 요령 있게 잘 정리할 수만 있다면, 그것을 한 단락으로 압축할 수도 있을 것 같은 생각이 들기도 하지만.

호수가 바라보이는 언덕 위에, 갈라진 틈새를 회반죽으로 하얗게 메운 통나무집 한 채가 있었다. 문 옆에는 장대를 세워두었으며, 식사 시간을 알리는 종이 매달려 있었다. 집 뒤에는 들판이 펼쳐졌고, 들판 뒤쪽에는 숲이 울창했다. 롬바디종(種) 포플러가 그 오두막집에서 선창에 이르기까지 죽 한 줄로 늘어서 있었다. 다른 포플러들은 곶을 따라 자리를 잡았다. 한 줄기 오솔길이 숲 가장자리를 따라 언덕까지 뻗어나갔다. 이 길을 따라가면서 그는 검은 딸기를 따곤 했다. 후에 그 통나무집은 불타버렸고, 벽난로 위 사슴 발로 만든 총걸이에 걸려 있었던 총도 타버리고 말았다. 나중에 보니 탄창의 총

알은 녹아버렸고, 개머리판도 불탔고, 총신만이 잿더미 위에 굴러다녔다. 그 재는 큰 쇠로 만든 세탁용 가마솥에 넣어서 잿물을 만드는 데 사용했다. 할아버지에게 타다 남은 총을 가지고 놀아도 괜찮겠느냐고 물어보았더니 할아버지는 안 된다고 말씀하셨다. 타다 남은 총이기는 했으나 자신의 총이라는 뜻이었으리라. 그 후 다시는 총을 사지 않았다. 뿐만 아니라 다시는 사냥도 나가지 않았다. 이번에는 같은 장소에다 널빤지로 집을 짓고 하얗게 칠을 했다. 현관에서는 포플러와 건너편 호수가 바라다보였다. 그러나 이제 집 안에는 총이 없었다. 통나무 오두막집 벽에 사슴 발로 된 총걸이에 걸려 있던 총신은 잿더미 속에 뒹구는 채 아무도 손대는 사람이 없었다.

전쟁 후 '블랙 포레스트'에서 송어 낚시터를 빌린 일이 있었다. 그곳까지 가는 데는 두 갈래 길이 있었다. 그 하나는 트리베르그에서 골짜기로 내려가는 길이었다. 하얀 길가에 자라는 나무 그늘 아래로 난 골짜기 길을 돌아 언덕으로 뻗어나간 오솔길을 올라가노라면 슈바르츠 바르트 풍의 큰 집들이 서 있는 조그만 농장들에 다다른다. 그리고 이곳을 지나면 그 길이 개울을 건너는 곳까지 이어진다. 이곳이 바로 낚시질을 시작하던 곳이었다.

또 다른 한 길은 숲 가장자리까지 험준한 언덕길을 올라가 소나무 숲을 지나고 언덕 꼭대기를 넘어 초원 기슭으로 나와서 다시 이 초원을 가로질러 다리 쪽으로 내려가는 길이다. 개울을 따라 벚나무가 자라고, 개울은 넓지 않으나 물은 맑고 물살이 빨랐다. 벚나무 뿌리가 물결에 파인 곳은 웅덩이를 이루었다. 트리베르그의 호텔

주인에게는 경기가 좋은 계절이었다. 날씨도 화창하고 모두들 사이좋게 지냈다. 그 이듬해에는 인플레가 닥쳐왔다. 지난해에 번 돈으로는 호텔을 운영하는 데 필요한 물자를 충분하게 사들일 수가 없어서 주인은 목을 매어 자살하고 말았다.

이런 일들을 받아쓰게 할 수는 있을지 모르지만 콘트레스 카르페 광장에 대한 일은 받아쓰게 할 수 없을 것이다. 그곳 거리에서는 꽃장수들이 꽃에 물을 들였다. 버스가 출발하는 포장된 길 위에는 물감 물이 흘렀다. 노인과 여자들은 포도주와 포도즙을 짠 찌꺼기로 만든 싸구려 술에 항상 취해 있었고, 아이들은 추위에 콧물을 흘렸다. 카페 데자마르트에는 더러운 땀 냄새와 가난뱅이와 주정뱅이의 냄새가 코를 찔렀다. 그들이 살던 '발 뮈제트' 아래층에는 매춘부들이 살았다. 문지기 여자도 프랑스 공화국의 기병을 자기 방에서 접대했고, 말 털이 꽂힌 기병의 헬멧이 의자 위에 놓여 있었다. 복도 건너편 방에 세든 여자의 남편은 자전거 경주 선수였다. 그날 아침 우유 가게에서 〈로토〉 신문을 펴 남편이 처음 출전한, 파리와 투루간 경주에서 3등을 한 기사를 본 그 여자의 기쁨. 그 여자는 얼굴을 붉히고 웃어대면서 노란 갈색 스포츠 신문을 들고 무어라 떠들어대면서 2층으로 달려 올라갔다. '발 뮈제트'를 경영하는 여자의 남편은 택시 운전사였다. 그가, 즉 해리가 아침 첫 비행기로 떠나야 했던 날 아침, 그녀의 남편이 문을 두드려서 그를 깨워주었다. 그들은 출발하기 전에 양철을 입힌 술집 카운터에서 백포도주를 한 잔씩 나누었다. 당시의 그는 이웃들이 모두 가난했기 때문에 그들과 잘 사귀어 알고 있었다.

그 광장 주변에는 두 종류의 인간들이 있었다. 주정뱅이와 스포츠광이었다. 주정뱅이는 술에 취해서 자신의 가난을 잊었고, 스포츠광은 운동에 정신이 팔려서 자신의 가난을 잊고 살았다. 그들은 코뮌 당원*의 후예들이지만, 정치 문제를 알려고 하지 않았다. 그들은 자신들의 아버지와 친척, 형제, 그리고 친구들을 누가 죽였는지 잘 알았다. 그 당시에는 베르사유 군대가 쳐들어와서 코뮌 정부의 뒤를 이어 파리를 점령하고, 손이 거칠거나 모자를 쓴 사람, 또는 노동자란 표시가 나는 사람이면 닥치는 대로 잡아서 처형해버렸다. 그런 가난 속의 말고기 푸줏간과 포도주 협동조합 길 건너편 숙소에서 그가 쓰려던 작품의 첫 부분을 썼다. 파리에서도 이곳만큼 그의 마음에 드는 곳은 없었다. 가지가 쭉 뻗은 나무들, 그 밑에는 갈색 페인트칠에 하얗게 회칠을 해놓은 낡은 집들, 둥그런 광장에 서 있는 긴 초록빛 합승 버스, 포장길 위에 흐르는 자줏빛 꽃 물감, 카르디날 르모앙느가(街)의 언덕에서 센강으로 내려가는 가파른 비탈길, 그리고 무푸타르가(街)로 이어진 비좁고 복잡한 곳을 지나는 또 하나의 길, 하나는 판테온 쪽으로 올라가는 길이며, 또 하나는 그가 늘 자전거를 타고 다니던 길이다. 그 길은 그 구역에서 유일하게 포장된 길이었고 자전거 타이어가 매끄럽게 굴러갔다. 높고 좁은

---

* 1871년 3월 18일에서 5월 27일까지 독불전쟁 때 파리를 지키기 위해 파리 시민들이 궐기해서 만든 자치 정부로, 일종의 혁명적 노동자 정부이다.

집들이 늘어서 있고, 폴 베를렌이 마지막 숨을 거두었다는 높다란 싸구려 호텔도 있었다. 그들이 살던 아파트에는 방이 둘밖에 없었다. 베를렌은 맨 위층의 방 하나를 월세 60프랑에 세 들어 거기서 글을 썼다. 거기서는 파리의 지붕과 굴뚝 그리고 언덕들이 다 바라다 보였다.

아파트에서는 장작과 석탄을 파는 가게가 보일 뿐이다. 그 가게에서는 포도주도 팔았다. 질이 나쁜 포도주였다. 말 고깃간 바깥에는 황금색 말 대가리가 걸려 있고 열린 창 안에는 황금 빛깔의 말고기가 걸려 있었다. 녹색 페인트칠을 한 협동조합에서 그들은 늘 포도주를 샀다. 그것은 질 좋은 술이었으며 값도 쌌다. 그 나머지는 벽토를 칠한 벽과 이웃집 창문들뿐이었다. 밤에 누군가가 술에 만취해 한길에 쓰러져서 이젠 존재하지 않는다고 선전을 통해 믿게 된 전형적인 프랑스식 주정을 하며 신음하고 끙끙거리노라면 이웃 사람들은 창문을 열고 뭐라고들 지껄여댔다.

"순경은 어디 있어? 개똥도 약에 쓰려면 없다더니, 필요 없을 땐 자주 나타나는 주제에 말이야. 어느 문지기 년하고 자고 있을 테지. 경찰을 불러와."

그러다가 누군가가 창밖으로 물 한 동이를 쏟아부으면 그 신음은 그만 멈춘다.

"이건 뭐야? 물이로군. 그것 생각 잘했네."

이윽고 창문은 닫힌다. 그가 데리고 있던 가정부 메리는 여덟 시간 노동제에 항의해서 이렇게 말했다.

"남편이 6시까지 일을 하면 집으로 돌아오는 길에 가볍게 한잔할 테니까 그리 낭비는 되지 않을 거예요. 그렇지만 5시까지 일을 하면 매일 밤 술에 취하게 되니 돈이 남을 리가 있겠어요. 노동 시간의 단축으로 골탕먹는 것은 노동자의 아내들뿐이죠."

"수프를 좀 더 드시지 않겠어요?"
그녀가 다시 권했다.
"아니, 참 맛있었소."
"조금만 더 드세요."
"위스키 소다를 마시고 싶은데."
"그건 당신 몸에 해롭다니까요."
"그렇지, 내겐 해로울 거야. 콜 포터*가 이런 가사를 써서 작곡까지 한 일이 있었지. 나 때문에 당신이 미칠 듯 신경 쓸 것을 알았던 모양이야."
"아시다시피 저도 당신에게 술을 드리고 싶긴 해요."
"아, 그렇군. 내 몸에 해로우니까 그렇다는 것이군."
그녀가 가버리면 내가 원하는 것은 다 가질 수 있을 텐데, 하고 그는 생각했다. 내가 원하는 것 전부는 아니라고 할지라도 적어도 여기 있는 것만은 모두 말이야. 아, 피곤하다. 너무 피곤해. 그는 잠시 눈을 붙여보려고 했다. 그는 가만히 누워 있었다. 죽음은 그곳에 없

---

* 1930년대부터 1960년대까지 활동한 미국의 유행가 작곡가이자 가수

었다. 죽음은 다른 거리를 돌아서 떠나가버린 게지. 죽음은 나란히 자전거를 타고 포장된 길 위를 아무 소리도 없이 달리고 있었다.

그렇다. 그는 아직 파리에 대한 글은 한 번도 쓴 적이 없었다. 항상 관심거리가 되었던 파리에 대해서는 말이다. 그렇다면, 아직 한 번도 쓴 적이 없는 다른 일에 대해서는 어떠했던가.

그 목장과 은회색의 들쑥이며 관개용 도랑의 맑고 빠른 물살이며 짙은 초록빛 개나리 등은 어떠했던가. 오솔길은 몇 개의 언덕 너머로 뻗어나가고 여름철의 소들은 사슴처럼 수줍었다. 가을이 되어 소들을 산에서 몰고 내려올 때의 울음소리며 아우성, 먼지를 일으키면서 천천히 움직여가는 그 무리, 서산 너머 황혼의 햇빛을 받고 윤곽을 뚜렷이 드러내는 봉우리들, 그리고 달빛에 젖은 오솔길을 말을 타고 내려올 때 건너편 골짜기까지 환하게 비치던 일, 어둠 속에서 앞이 보이지 않아 말꼬리를 잡고 숲에서 내려오던 일 등이 생각난다. 그밖의 써보려고 했던 모든 이야기들.

그 무렵 목장에 남아서 아무도 건초를 가져가지 못하도록 지키던 바보 같은 소년, 그리고 사료를 좀 얻어가려고 찾아온 포크가(家)의 심술궂은 늙은이. 이 늙은이는 자신이 그 소년을 데리고 있을 때 자주 매질을 했지. 소년이 거절하자 늙은이는 또 때리겠다고 위협을 했다. 소년은 부엌에서 소총을 들고 나와 늙은이가 헛간으로 들어가려 할 때 쏘았다. 사람들이 목장으로 돌아왔을 때는 늙은이가 죽은 지 이미 일주일이 지난 후였다. 시체는 가축우리 속에서 꽁꽁 얼어붙었고, 일부는 개들이 뜯어먹었다. 시체의 남은 부분이라도 모포에 싸서 썰매 위에 싣고 밧줄로 동여매고는 소년에게 거들게 해서 끌고 갔다. 소년과 그는 스키를 타고 도로로 나와 100킬로미터나 떨어진 마을로 내려왔고, 그 소년은 경찰에 넘겨졌다. 소년은 자기가 체포되리라고는 꿈에도 생각하지 않고 있었다. 자기는 의무를 다했으며 같이 간 두 사람은 절친한 친구라고 믿었기 때문에 체포되기는커녕 상이라도 받을 줄 알고 있었다. 늙은이의 시체를 운반하는 일을 도운 것도 늙은이가 얼마나 악질이었는가, 또는 어떻게 자기의 것도 아닌 사료를 훔치려고 했는가를 다 알고 있을 거라고 생각했기 때문이었다. 그래서 경찰관이 쇠고랑을 채웠을 때 소년은 사실인지 믿을 수가 없어 엉엉 소리를 내서 울기 시작했다. 이 일도 그가 써보려고 생각했던 일 중 하나였다. 그는 이 고장에 대해 적어도 스무 개 정도의 소재를 가지고 있었다. 그러나 그는 한 번도 쓴 적이 없었다. 무슨 까닭이었을까?

"당신이 그 까닭을 좀 말해보구려."
갑자기 그가 말했다.
"아니, 까닭이라니요, 여보?"
"아무것도 아니야."
그녀는 그와 함께 살게 된 이후로 술을 많이 마시지 않게 되었다. 그러나 만약에 그가 살아난다고 하더라도 그녀에 대해서는 쓰지 않을 것이다. 그는 스스로 잘 알고 있는 터였다. 다른 어느 여자에 대해서도 쓰지 않을 것이다. 돈 많은 놈들은 대개가 술을 많이 마시고 우둔하거나 아니면 주사위 놀음이나 하게 마련이다. 따라서 그놈들은 지저분하기 짝이 없고 똑같은 일만 되풀이할 따름이다. 그는 가난한 줄리앙 생각이 났다. 줄리앙은 부자들에 대해서 낭만적인 경외감을 가지고 있었으며, 언젠가 '부자들은 당신이나 나와는 다른 사람들이다'라는 구절로 시작되는 소설을 쓰려고 했다. 그때 어떤 사람이 줄리앙에게 "그래, 그들은 우리보다 돈이 훨씬 많지" 하고 맞장구를 쳤다. 그러나 그 말이 줄리앙에게는 유머로 들리지가 않았다. 그는 부자들은 특수한 매력을 지닌 족속이라 생각했다. 그런데 사실은 그렇지 않다는 것을 알았을 때 그것은 다른 어떤 일보다도 줄리앙을 좌절시켰다.

좌절한 인간을 그는 경멸했다. 그 무엇을 이해했다고 해서 그것을 기뻐할 필요는 없다. 그는 무슨 일이든지 이겨낼 수 있다고 생각했다. 왜냐하면 어떤 일이든지 개의치 않는다면 그것이 자기를 괴롭힐 수는 없을 것으로 생각했기 때문이다.

그렇다. 이젠 죽음에 대해서까지도 개의치 말아야겠다. 언제나 무서워했던 것은 오로지 고통뿐이었다. 고통이 너무 오래 계속되어 마침내 그를 지쳐버리게 할 때까지 그는 누구 못지않게 고통을 견뎌낼 수는 있을 것이다. 그러나 지금 여기에는 그에게 엄청난 고통을 안겨주는 그 무엇이 있었다. 바야흐로 그것이 그를 파멸시키려 하고 있다는 느낌이 든 순간 고통은 멎어버렸다.

아주 오래 전이었다. 폭파 장교인 윌리엄슨이 철조망을 뚫고 참

호로 들어가다가 독일군 순찰병이 던진 수류탄에 맞았을 때의 일이 생각났다. 그는 비명을 지르면서 누구든지 자기를 죽여 달라고 애원했다. 약간 허풍선이이긴 했으나 뚱뚱한 몸집에다 아주 용감하고 훌륭한 장교였다. 그러나 그날 밤 그는 철조망에 걸렸고 탐조등을 비춰 보니 그의 내장이 튀어나와 철조망에 걸려 있었다. 그리하여 목숨은 아직 붙어 있는 그를 안으로 끌어들일 때 전우들은 그의 내장을 끊어야만 했다. 해리, 나를 쏘아줘. 제발 부탁이야, 나를 쏘아주게. 하느님은 우리에게 견딜 수 없는 고통을 주시진 않는다는 문제를 가지고 모두 함께 토론한 적이 있었다. 시간이 적당히 흐르면 고통은 자연히 없어진다는 뜻이라고 해석하는 사람도 있었다. 그러나 그는 그날 밤 윌리엄슨의 일이 절대 잊히지 않았다. 그가 자신이 사용하려고 간직해두었던 모르핀 정제를 전부 털어주었을 때까지 윌리엄슨의 고통은 사라지지 않았다. 게다가 모르핀도 즉각적인 효험이 없었다.

현재 그가 겪는 이 정도의 고통은 아무것도 아니었다. 지금 이런 상태가 더 악화하지 않는다면 조금도 걱정할 필요가 없었다. 다만 더 좋은 상대자와 함께 있고 싶은 심정을 제외한다면.

그는 함께 있고 싶은 상대자에 대하여 잠시 생각해보았다.

아니다, 하고 그는 생각했다. 온갖 일들을 해온 데다가 너무 오래 끌었고 이미 때가 늦어버린 지금에 와서 아직 상대자가 있으리라고 기대할 수는 없다. 사람들은 다 가버렸다. 파티는 끝나고 남은 것은 너와 여주인뿐이다.

다른 모든 것이 귀찮듯이 이젠 죽음도 귀찮아지는구나, 하고 그는 생각했다.

"귀찮은 일이야."

그는 큰 소리로 말했다.

"여보, 뭐가요?"

"뭐든지 너무 오래 하면 다 그렇단 말이야."

그는 모닥불 너머로 그녀의 얼굴을 바라보았다. 그녀는 의자등에 기대어 앉아 있었다. 불빛이 그녀의 명랑한 얼굴 윤곽을 뚜렷이 비추었다. 그녀의 얼굴에 졸음이 가득한 것을 알 수 있었다. 그는 모닥불 주변에서 하이에나가 우는 소리도 들었다.

"나는 소설을 써온 셈이었지."

그는 말했다.

"그런데 이젠 지쳤어."

"좀 주무실 수 있을 것 같으세요?"

"그럼. 당신은 왜 안 자지?"

"당신과 여기 이렇게 앉아 있고 싶어서요."

"당신은 어딘가 좀 이상한 기분이 들지 않소?"

그가 물었다.

"아뇨, 약간 졸릴 뿐이에요."

"난 이상한 느낌이 드는군."

그때 그는 죽음이 다시 다가오는 것을 느꼈다.

"지금까지 내가 한 번도 잃은 적이 없었던 것은 호기심뿐이야."

다시 그는 그녀에게 말했다.

"당신은 아무것도 잃은 것이 없으세요. 당신은 제가 알고 있는 한 가장 완전한 분이신걸요."

"제기랄, 여자란 어떻게 저렇게도 모자랄까. 그건 또 무슨 소리야. 그것이 당신의 직관이란 말인가?"

왜냐하면 바로 그때 죽음이 가까이 다가와서 그 머리를 침대 다리에 기대었기 때문에, 그는 죽음의 입김을 느낄 수 있었다.

"죽음이 큰 낫과 두개골을 들고 있다는 말을 믿어서는 안 돼."

그는 그녀에게 말했다.

"죽음이란 어쩌면 자전거를 타고 오는 두 사람의 순경과 같을 수도 있고, 또 어쩌면 새일 수도 있는 거야. 혹은 또 하이에나처럼 넓적한 코를 가지고 있을 수도 있지."

바야흐로 죽음은 그에게 다가오고 있었으나 형상을 갖춘 것은 아니었다. 다만 공간을 차지하고 있을 따름이었다.

"저리 물러가라고 해."

죽음은 물러가지 않고 오히려 더욱 가까이 다가왔다.

"넌 지독한 냄새를 피우는구나."

그는 죽음에게 말했다.

"고약한 냄새를 풍기는 놈 같으니."

죽음은 그에게로 더욱 바싹 다가섰다. 이젠 죽음에게 말을 할 수도 없었다. 말을 못 한다는 것을 알자 죽음은 조금씩 더 가까이 다가왔다. 그는 지금 아무 말 없이 죽음을 물리치려고 한다. 그러나 죽음은 그의 몸 위에 올라탄 채 그놈의 온 무게로 그의 가슴을 짓누르고 있다. 죽음이 그곳에 웅크리고 있어서 그는 움직일 수도 없고 말할 수도 없다. 그녀의 말소리가 들려왔다.

"나리께서 지금 잠이 드셨으니 침대를 가만히 들어 텐트 안으로 옮기도록 해요."

그녀에게 죽음을 쫓아버려 달라고 말하려 했으나 말을 할 수가 없었다. 웅크리고 있던 죽음이 이제 더욱 묵직하게 짓눌러왔기 때문에 그는 숨도 잘 쉴 수가 없었다. 그러나 침대를 치켜든 순간 갑자기 사태는 정상으로 돌아와서 가슴을 짓누르던 무게가 사라졌다.

아침이었다. 날이 밝은 지 이미 오래였다. 그는 비행기 소리를 들었다. 처음에는 아주 조그맣게 보이던 비행기가 차츰 널따란 원을 그리기 시작했다. 소년들은 뛰어나가서 석유로 불을 지르고 그 위에 풀을 쌓아 올린다. 그래서 들판 양쪽에서는 두 줄기 커다란 연기가 올라가고, 연기는 아침나절의 산들바람을 타고 날아와서 캠프장까지 밀려온다. 이번에는 비행기가 저공으로 두 번 더 선회하고 나서 강하하면서 내려와 수평이 되었다가 가볍게 착륙했다. 이윽고 그에게로 걸어오는 사람은 옛 친구 컴프턴이었다. 헐렁한 바지에 트위드 재킷을 입고 갈색 중절모를 쓰고 있었다.

"이것 봐, 어떻게 된 일이야?"

컴프턴이 물었다.

"다리를 다쳤어."

그가 대답했다.

"아침 식사를 해야지."

"고마워, 나는 차나 한잔하지. 보다시피 푸스 모스 비행기야. 부인은 함께 모시고 갈 수 없다네. 한 사람 좌석밖에 없으니 말이야. 트럭이 오는 중일 거야."

헬렌이 컴프턴을 옆으로 데리고 가서 뭐라고 얘기를 했다. 컴프턴은 전보다 더 명랑한 얼굴로 돌아왔다.

"우선 자네부터 태우고 가야겠네."

컴프턴이 말했다.

"그리고 부인을 모시러 다시 오겠네. 그런데 연료를 보급하러 아루샤에 잠깐 들러야 할지도 모르겠는걸. 아무튼 곧 출발하는 것이 좋겠군."

"차는 어떻게 하고?"

"여보게, 차 같은 건 문제가 아니란 말이야."

소년들은 침대를 메고 녹색 천막을 든 채 바위를 돌아 내려가서 평지로 운반했다. 활활 타오르는 모닥불 옆을 지나갔다. 쌓아놓은 건초는 모두 다 타버리고 바람이 불길을 부채질하고 있었다. 소형 비행기가 있는 곳에 다다랐다. 그를 비행기에 태우는 일이 여간 어렵지 않았지만 일단 기체 안으로 들어가자, 그는 가죽 좌석에 몸을 기대고 다리는 컴프턴의 좌석 한쪽 옆으로 똑바로 뻗었다. 컴프턴은 시동을 걸고 올라탔다. 그는 헬렌과 소년들에게 손을 흔들었다.

부릉부릉하는 소리가 귀에 익은 엔진 소리로 변하자 기체가 한 바퀴 돌았다. 컴프턴은 혹시 근처에 산돼지가 파놓은 구멍이 없나 하고 두리번거렸다. 비행기는 소리를 내고 덜컹거리면서 모닥불 사이의 평지를 달리다가 마침내 기우뚱하더니 하늘로 떠올랐다. 밑에서 손을 흔들고 있는 것이 보였다. 언덕 옆의 숲과 캠프가 이제 납작하게 보였다. 들판이 멀리 뻗어나갔고 덤불숲도 납작하게 보였다. 몇 갈래로 난 사냥길이 말라붙은 웅덩이까지 곧게 뻗어 있고, 지금까지 한 번도 본 일이 없던 시내가 보였다. 얼룩말은 조그맣고 동그란 등만 보였다. 각마(角馬)의 무리가 기다란 손가락 모양으로 들판을 횡단해갈 때면 그 커다란 머리는 흡사 점(點)이 공중으로 기어 올라오는 것처럼 보였다. 비행기 그림자가 그들에게 다가가면 사방으로 흩어져서 조그맣게 보일 뿐 달리는 것처럼 보이지 않는다. 이제 시야에 들어오는 들판은 뿌연 황색뿐이고 앞에는 트위드 재킷을 입은 컴프턴의 등과 갈색 중절모가 보일 따름이다. 그 순간 그들은 첫 번째 언덕을 넘었다. 각마들이 그들 뒤를 따랐다. 이윽고 산을 넘자 갑자기 짙은 녹색의 울창한 숲이 들어찬 계곡과 대나무가 무성한 산비탈이 나타난다. 다시금 산봉우리와 골짜기에 새겨진 듯한 울창한 숲을 지나면 언덕이 비스듬히 낮아지고 또 하나의 들판이 나타난다. 이젠 날씨가 더워지면서 들판은 자줏빛을 띤 갈색으로 변하고 비행기는 더욱 심하게 요동친다. 컴프턴은 해리가 어쩌고 있는지 보려고 뒤를 돌아본다. 그 순간 거무스름한 산맥이 눈앞에 나타난다.

그때 비행기는 아루샤로 향해서 날지 않고 왼쪽으로 방향을 돌렸다. 분명히 연료는 충분한 것 같았다. 아래를 내려다보니 채로 친 듯한 분홍색 구름이 지상 가까이에서 떠돌아다니고 있었다. 그것은 어디선지 모르게 불어오는 눈보라를 알리는 첫눈과도 같았다. 이윽고 그것이 남쪽에서 날아온 메뚜기 떼라는 것을 알았다. 그러자 비행기는 상승하기 시작했고 이제는 동쪽을 향해서 나는 것 같았다. 이윽고 폭풍우가 불어닥치고 비행기는 그 속으로 들어갔다. 비가 억수같이 퍼붓고 있었다. 마침내 폭풍 속을 빠져나오자 컴프턴은 고개를 돌려 싱긋 웃어 보이고 손가락으로 앞을 가리켰다. 손가락으로 가리킨 전방으로 온 세계만큼이나 넓고 거대하며 높은, 그리고 햇빛을 받아 믿을 수 없을 만큼 하얗게 빛나는 킬리만자로의 각진 봉우리가 그의 눈에 들어왔다. 그 순간 그는 자기가 가는 곳이 바로 저곳이라는 것을 알았다.

바로 그때 어둠 속에서 하이에나가 킹킹거리던 소리를 멈추고, 이상하게도 거의 인간이 우는 소리와 같은 울음소리를 내기 시작했다. 그 여자는 울음소리를 듣고 불안에 싸여 몸을 꿈틀거렸다. 그녀는 눈을 뜨지 않았다. 꿈속에서 그녀는 롱 아일랜드의 자기 집에 와 있었다. 딸이 처음으로 사교계에 데뷔하기 전날 밤이었다. 어찌된 영문인지 그녀의 아버지가 그 장소에 나타나서 소란을 떨었다. 그때 하이에나가 너무 큰 소리를 질렀기 때문에 그녀는 눈을 번쩍 떴다. 잠시 자신이 어디에 있는지도 알 수가 없었고 몹시 불안했다.

그래서 회중전등을 들고 해리가 잠든 뒤에 들여놓았던 저쪽 침대 위를 비추어보았다. 모기장 안에 그의 몸뚱이는 보였으나 어찌 된 일인지 다리는 모기장 밖으로 나와 침대 아래로 축 늘어져 있었다. 붕대가 모조리 풀려 있었다. 그녀는 차마 그것을 자세히 볼 수가 없었다.

"몰로!"

그녀는 소리쳤다.

"몰로! 몰로!"

그리고 그녀는 다시 "해리! 해리!" 하고 불렀다. 이윽고 그녀의 음성이 더 높아갔다.

"해리! 여보. 오, 해리!"

아무런 대답이 없었다. 그의 숨소리가 들리지 않았다.

텐트 밖에서 하이에나가 그녀의 잠을 깨웠을 때와 똑같은 이상하기 짝이 없는 울음소리를 내고 있었다. 순간 그녀는 가슴이 뛰어 그 울음소리도 들리지 않았다.

작품 해설

헤밍웨이의 문학 세계는 폭력과 죽음이 난무하는, 마치 '죽음의 그림자가 드리운 골짜기'를 방불케 한다. 신에게 구원을 바라지 않으면 안 될 만큼 '우리의 시대는 구원받지 못할 세계'가 되고 말았다. 이는 비단 세기말적인 비관주의적 넋두리만이 아니라는 것은 자타가 공인하는 사실이다. 비평가 윌슨은 헤밍웨이가 묘사하는 인물이 '투우사, 경마 경영자, 갱, 군인, 창녀, 술주정뱅이, 마약 상습자 등의 인간'이라는 데 주목했다. 과연 그의 작품에 등장하는 인물이 모두 사회의 일면만을 대표하는 그런 사람들인가 하는 것은 의심스럽다.

이러한 인물들에게서 어느 특정한 계층이나 그 특성이 나타난다기보다는 인간의 내면적인, 혹은 외면적인 특이한 일면이 보다 강렬하게 묘사된다고 생각하는 편이 좋을 것 같다. 뿐만 아니라 그들은 모든 정신적, 지적 요소를 박탈당한 '자연인'으로서 사랑이라든가 양심의 가책, 또는 질투 따위와 같은 인간다운 감정을 상실한 것처럼 묘사된다. 다만 그들에게는 동물적, 본능적 감정만이 지배적이며 모두가 탐욕과 육욕, 살인욕 등 감각적인 세계에서 살아가는 것 같다. 그러므로 헤밍웨이는 본능적, 감각적인 세계를 묘사하기 위하여 형용사나 수식어가 거의 없는 '하드 보일드' 문체를 사용했다. 거친 상황의 묘사를 위해 거친 문체를 사용한다는 것이 헤밍웨이에게는 불가피한 듯했다.

다시 말해서 이와 같은 거친 문체는 작품의 밑바닥에 흐르는 허무를 표현하기 위해서 만들어진 것이라고 할 수 있다. 등장인물들이 처해 있던 거친 폭력과 죽음의 세계는 곧 헤밍웨이 자신의 세계라고도 할 수 있으며, 현대인이 마주한 허무의 세계이다. 독자는 헤밍웨이의 작품 속에 나타난 현대의 황무지 또는 모든 기성 종교와 윤리적 기준을 부정해버린 세계에서 헤밍웨이가 어떤 윤리적 주장을 펼치려고 했는가를 각기 발견하도록 노력해야만 할 것이다.

특히《노인과 바다》의 번역 제안을 받았을 때 마음속으로 몹시 망설였다. 이미 몇 종류의 번역물이 나왔고, 항상 값싼 새것만을 찾는 문화적인 풍토에서 이미 잊혀가는 듯한 헤밍웨이의 작품을 또다시 번역한다는 것은 어쩌면 낭비처럼 생각되었기 때문이다. 그러나 역자는 앞서 말한 해답을 찾기 위해서, 무더운 여름에 스토이시즘을 맛보기 위해서 유쾌하게 연필을 들었다. 투신의 순간은 '엑스터시'의 순간이며 삶을 통찰하는 순간이다. 더위는 아랑곳없었다.

헤밍웨이는 1898년 7월 시카고 교외에서 의사의 아들로 태어났다. 아버지는 사냥과 낚시, 스포츠에 열정을 지닌 야성적인 면이 강했고, 어머니는 음악과 독서를 즐기는 지적인 교양인이었다. 작가 헤밍웨이는 이러한 양친에게서 복합적인 기질을 물려받았다. 그러나 그의 작가 생활과 작품에는 부성(父性)이 더 강력하게 작용하고 있음을 알 수 있다.

그는 고등학교를 졸업하고 제1차 세계대전에 참전하려 했으나 눈이 나빠서(전투에서 눈을 부상당했다) 불합격하고 말았다. 18세가 아직 안 된 그는 일간지 〈스타〉에 들어가 저널리스트로서 첫 발걸음을 내디뎠다. 이듬해 부상병 운반병으로 이탈리아 전선에 종군했다. 장편《무기여 잘 있거라(*A Farewell to Arms*)》(1929)는 이때의 경험에서 나왔다. 이 작품과 함께, 이 책에 실린 〈킬리만자로의 눈〉에도 죽음에 대한 작가 헤밍웨이의 공포 관념이 묘사되어 있다.

1919년 귀국 후, 시카고로 나와 잡지 편집에 종사하던 그는 그의 문학적 삶에 최초로 영향을 끼친 작가 셔우드 앤더슨을 알게 되었고, 이윽고 신문사 특파원으로 유럽에 건너가 당시 파리 그룹의 중심인물이었던 스타인 여사와 만나게 되었다. 그리고 살롱에서 에즈라 파운드도 만났다. 헤밍웨이가 간결한 그의 문체를 완성하는 데는 앤더슨, 스타인, 파운드 세 사람의 선배가 끼친 영향과 충고가 컸음을 기억해야 한다. 1923년부터 그의 작품은 세상에 나타나기 시작해서《우리들의 시대에(*In Our Time*)》(1924),《봄의 분류(*The Torrent of Spring*)》(1926) 등의 단편집과 중편이 나왔다. 그의 출세작이라고 할 수 있는《해는 또다시 떠오른다(*The Sun also Rises*)》(1926)는 전후의 '잃어버린 세대(Lost generation)'에 속하는 젊은이들의 거친 생활과 심리를 냉정하고 담담하게 그리고 있다.

헤밍웨이는 1928년에서 1938년까지 플로리다반도 끝에 있는 톰슨 섬의 키 웨스트에 살면서 낚시와 사냥, 권투 등 스포츠에 몰두하는 야성적인 삶을 살았다. 이 무렵 나온 작품으로는《가진 자와 못 가진 자(*To Have and Have not*)》(1937), 아프리카 여행의 소산이라고 할 수 있는《아프리카의 푸른 언덕(*Green Hills of Africa*)》과 그의 후기의 단편 중에서 가장 우수한 작품으로 꼽히는 〈프랜시스 맥코머의 짧고 행복한 생애〉 등이 있다. 이보다 앞서 1936년에 그는 스페인으로 건너가서 스페인 정부군을 위해 애를 썼다. 또한 프랑스의 작가 앙드레 말로와 민주주의 입장에서 스페인내전에 대한 소설을 쓰기로 약속했다. 말로는《희망》을 쓰고 헤밍웨이는《누구를 위하여 종은 울리나(*For whom the Bell Tolls*)》를 썼다. 이 작품은 전체를 위하여 개인은 희생해야만 한다는 전체주의의 철학을 찬양하고 있다는 점에서 극히 비미국적인 데가 있다. 따라서 헤밍웨이라는 작가는 자신의 사상을 고집하기보다는 항상 시대와 더불어 살아가는 작가임을 알 수 있다.

그 후 노인은 황금색으로 빛나는 긴 바닷가의 꿈을 꾸었다. 사자 몇 마리가 이른 새벽 어두컴컴한 바닷가로 내려오는 것을 보았다. 이윽고 다른 사자들도 나타나기 시작했다. 노인은 이물의 나무 널빤지에 턱을 괴었다. 그곳에 닻을 내린 채 배는 육지에서 불어오는 미풍을 받고 있었다. 그는 더 많은 사자가 나타날까 하고 기다렸다. 그리고 그는 행복했다.

《노인과 바다》의 한 부분이다. 만년의 헤밍웨이에게 남아 있던 것은 위의 글에서 보이듯이 노인의 꿈속에 나타난 행복이었을지도 모른다. 이것을 일종의 스토이시즘이라고 하여도 좋을지 모르겠다.
흔히들《노인과 바다》를 멜빌의《모비 딕》에 비교한다. 후자에는 상징이 있지만 전자에는 상징이 부족하여, 마치 갖다 붙인 상징 같다. 또 후자에는 철학이 있고 장대한 서사시가 있고 강렬한 개성이 있지만, 헤밍웨이의《노인과 바다》에는 그런 것들이 모두 결여되어 있다고 말한다.
그러나 이 작품을 과연 실패작 취급을 해야겠는가 하는 점에는 분명히 의문이 있다. 사상과 철학과 관념은 추호도 없다. 다만 바다와 고기, 노인과 소년이 있을 뿐이다. 바다는 바다이며 구름은 구름 그 자체가 되어 있고 날치는 날치라는 것 이외의 아무것도 아니다. 헤밍웨이는 자신의 본질이 육체적 행동과 말하고자 하는 바가 직결되는 심리 이외에는 애매한 사고와 관념을 가지지 않는 원시적인 인간을 등장시키고 있을 따름이다. 작가는 이러한 원시인, 즉 노인을 통해서 자아를 분명히 의식한다.
다시 말하건대《노인과 바다》에는 육체적 행동과 거기에 직결되는 심리 이외에는 사상도 관념도 상징도 혹은 그와 비슷한 것조차 없다. 그리고 노인의 최종적인 승리도 패배도 아닌 투쟁의 끝에는 사자의 꿈과 같은 행복감이 있다. 삶과 죽음과의 오랜 투쟁 끝에 헤밍웨이가 터득한 것이 스토이시즘에 있다면, 그의 자살은 무엇을 의미하겠는가. 비록 오발 자살이라고 할지라도.

  헤밍웨이는 현대라는 세계와 사회 속에서 부정과 허무 뒤에 생긴 텅 빈 구멍을 육체적, 행동주의적 정의로 메워 나간 셈이었다. 그것이 그에게는 유일한 정신적 긍정이요 현대의 윤리였다.《노인과 바다》에서 헤밍웨이는 순수한 객관적 외면 묘사를 통해서 자신의 주관이 인정할 수 있는 이상적인 인간을 묘사했다. 그것이 바로 노인 산티아고였다.

옮긴이

어니스트 헤밍웨이 연보

1899년 7월 21일 미국 일리노이주 시카고 서부 오크파크에서 태어났다.

1917년 오크파크고등학교를 졸업하고 캔자스시티로 가서 일간지 〈스타〉의 기자가 되었다.

1918년 5월에 이탈리아로 건너가 전선에서 적십자 소속 구급차 운전병으로 근무하다가 7월에 부상을 당해 밀라노 후송 병원에 입원했다. 10월에 전선으로 복귀했지만 황달로 다시 밀라노의 병원에 입원하기도 했다. 이탈리아 훈장을 받았다.

1919년 1월에 적십자사에서 제대해 미국으로 돌아왔다. 전쟁 후유증으로 불면증에 시달렸다.

1920년	시카고에 거주하면서 셔우드 앤더슨을 알게 되었다. 시카고에서 발행되는 한 기관지의 편집자가 되었고, 이때 문학의 새로운 기운(주로 신비평)을 가져온 시카고 그룹의 예술가들과 교우했다.
1921년	9월 해들리 리처드슨과 결혼해 캐나다 토론토에 거주하다가 《스타 위클리》의 유럽 특파원이 되어 유럽으로 갔다.
1922년	파리에서 거트루드 스타인과 에즈라 파운드를 만났다. 그리스-터키 전쟁을 보도하기 위해 소아시아를 여행했다.
1923년	런던에 거주하며 7월에 《세 편의 단편과 열 편의 시》를 출간했다.
1924년	다시 파리로 건너와 3월에 파리에서 《우리들의 시대에》를 출간했다. 이 시기에 제임스 조이스, 스콧 피츠제럴드, 도스 패소스와 교우했다.
1925년	10월 15일에 첫 단편집 《우리들의 시대에》를 뉴욕의 보니 앤 리브라이트 출판사에서 출간했다. 에드먼드 윌슨, 앨런 테이트, 스콧 피츠제럴드, D. H. 로렌스 등에게 호평을 받았다.
1926년	5월 28일에 《봄의 분류》, 10월 2일에는 《해는 또다시 떠오른다》를 스크리브너 출판사에서 출간했다.
1927년	《해는 또다시 떠오른다》가 영국에서 '피에스타'라는 제목으로 출간되었다. 해들리 리처드슨과 이혼하고, 《보그》의

파리 특파원이며 의상 비평가인 네 살 연상의 폴린 파이퍼와 재혼했다. 10월 14일 두 번째 단편집 《여자 없는 남자들》을 출간했다.

1928년 4월에 파리 생활을 청산하고 귀국해 플로리다주 키웨스트에 정착했다. 12월 6일 부친 클래런스 헤밍웨이가 오크파크의 자택 2층에서 리볼버로 자신의 귀 뒷부분을 쏘아 자살했다.

1929년 9월 27일에 《무기여 잘 있거라》를 출간하고 스페인을 여행했다.

1932년 4월에 제인 메이슨과 사랑에 빠졌다. 9월 23일, 투우 경기를 다룬 논픽션 《오후의 죽음》을 출간했다.

1933년 낚시로 468파운드의 청새치를 낚았다. 아프리카를 여행했다. 10월 27일, 세 번째 단편집 《승자에게는 아무것도 주지 마라》를 출간했다.

1934년 고기잡이배 필라르호를 건조했다.

1935년 10월 25일, 《아프리카의 푸른 언덕》을 출간했다.

1936년 4월에 제인 메이슨과 결별했다. 7월에 스페인 내전이 일어났다.

1937년 2월 북아메리카 신문연합의 특파원이 되어 스페인으로 건너갔다. 10월 15일, 《가진 자와 못 가진 자》를 출간했다. 스페인에서 《콜리어》의 특파원 겸 여류 작가이며 아홉 살 연하인 마사 겔혼과 만나 열애에 빠졌다.

1938년 희곡 〈제5열〉과 그때까지 쓴 단편 49편을 하나로 묶어서 《제5열과 첫 49편의 단편들》을 출간했다.

1939년 프랑코군이 1월에 바르셀로나를 함락하고 3월 마드리드에 입성했다. 스페인 내전은 반란군의 승리로 끝났다. 9월 1일 독일군이 폴란드를 침공해 제2차 세계대전이 발발했다. 쿠바의 아바나에 있는 한 호텔에서 스페인 내전을 배경으로 한 《누구를 위하여 종은 울리나》 집필을 시작했다.

1940년 10월 21일 《누구를 위하여 종은 울리나》를 출간했다. 폴린 파이퍼와 이혼하고 마사 겔혼과 결혼.

1941년 중일전쟁 특파원으로 중국 방면을 여행했다.

1942년 해군정보부에서 복무했다. 10월 22일, 82편의 전쟁 이야기를 편집한 책 《전쟁의 인간》을 출간했다.

1943년 제2차 세계대전 취재차 아내 마사와 함께 프랑스로 건너갔다.

1944년 5월, 언론인이며 아홉 살 연하인 메리 웰시를 만났다. 7월에 조지 패튼 장군의 미 제3군에 배속되어 종군했다.

1945년 제2차 세계대전이 종전하자 귀국했다. 12월 세 번째 부인 마사 겔혼과 이혼했다.

1946년 2월 《타임》 런던 지사 기자로 근무하던 메리 웰시와 결혼했다.

1947년 1944년에 프랑스에서 활약한 공로로 동성훈장을 받았다.

1948년	아내와 이탈리아를 방문해 제1차 세계대전 당시 부상당했던 격전지를 둘러보았다.
1949년	아내와 다시 유럽으로 건너가 남프랑스와 이탈리아를 여행하다가 눈을 다쳤다.
1950년	9월 7일 《강 건너 숲 속으로》를 출간했다.
1951년	6월 28일, 어머니 그레이스 헤밍웨이가 79세로 사망했으나 어머니 장례식에 참석하지 않았다.
1952년	9월 8일 《노인과 바다》를 출간하고 이듬해 퓰리처상을 수상했다.
1954년	아프리카 우간다 지방을 여행하던 중 비행기 사고로 아내와 함께 중상을 입었다. 이때 헤밍웨이가 사망했다는 오보가 신문에 나기도 했다. 10월 노벨문학상을 수상했다.
1955년	쿠바의 아바나 근교에 정착했다. 쿠바 정부가 수여하는 산크리스토발 훈장을 받았다.
1956년	아이다호주 케첨에서 《이동축제일》을 집필했다. 이 책은 사후 1964년에 발표되었다.
1957년	6월 시인 에즈라 파운드를 성 엘리자베스 정신병원에서 퇴원시키려는 펀드에 1,500달러를 기부했다.
1958년	아프리카에 여행을 다녀왔다. 10월까지 쿠바에 머물렀으나 카스트로 혁명이 시작되자 10월 초 아이다호주 케첨으로 돌아왔다.
1959년	《라이프》와 스페인 전국 투우 견문기를 게재하는 조건으

로 스페인으로 건너가 전국을 순회했다. 그 견문기를 이 잡지에 9월 5일부터 3회에 걸쳐 〈위험한 여름〉으로 연재했다.

1960년 대작을 써내지 못하는 정신적 고통과 고혈압 등의 지병으로 심한 신경쇠약 증세에 빠졌다.

1961년 심한 우울증과 피해망상 증세로 미네소타주 로체스터의 메이요 클리닉에 입원했다. 6주간에 걸쳐 스물세 차례의 전기 충격 요법 치료를 받고 병세가 호전되지 않아 병원 측에서 정신병원 입원을 권했으나 거절하고 케첨의 집으로 돌아왔다. 돌아온 이틀 후인 7월 2일 엽총 사고로 세상을 떠났다. 갑작스러운 죽음이 사고가 아닌 자살이라는 설도 있다.

옮긴이 **이경식**

연세대학교 영어영문학과와 동 대학원을 졸업하고, 동아대학교에서 부교수와 한성대학교에서 교수를 지냈다. 주요 번역서로 에리히 프롬의 《잃어버린 언어》, 콜린 윌슨의 《문학과 상상력》, 워렌의 《천사의 무리》, 제임스 힐턴의 《잃어버린 지평선》, 웨이드레의 《현대 예술의 운명》 외 다수가 있다.

노인과 바다

1판 1쇄 발행 1979년 10월 20일
3판 1쇄 발행 2025년 4월 28일

지은이   어니스트 헤밍웨이 | 옮긴이   이경식
펴낸곳   (주)문예출판사 | 펴낸이   전준배
출판등록   2004. 02. 11. 제 2013-000357호 (1966. 12. 2. 제 1-134호)
주소   04001 서울시 마포구 월드컵북로 21
전화   02-393-5681 | 팩스   02-393-5685
홈페이지   www.moonye.com | 블로그   blog.naver.com/imoonye
페이스북   www.facebook.com/moonyepublishing | 이메일   info@moonye.com

ISBN 978-89-310-2485-2 04800
ISBN 978-89-310-2365-7 (세트)

• 잘못 만든 책은 구입하신 서점에서 바꿔드립니다.

❧문예출판사® 상표등록 제 40-0833187호, 제 41-0200044호

■ 문예세계문학선

★ 서울대, 연세대, 고려대 필독 권장 도서 ▲ 미국대학위원회 추천 도서
● 《타임》 선정 현대 100대 영문 소설 ▽ 《뉴스위크》 선정 세계 100대 명저

1 젊은 베르테르의 슬픔 괴테 / 송영택 옮김	34 지상의 양식 앙드레 지드 / 김붕구 옮김
▲▽ 2 멋진 신세계 올더스 헉슬리 / 이덕형 옮김	35 체호프 단편선 안톤 체호프 / 김학수 옮김
▲●▽ 3 호밀밭의 파수꾼 J. D. 샐린저 / 이덕형 옮김	36 인간 실격 다자이 오사무 / 오유리 옮김
4 데미안 헤르만 헤세 / 구기성 옮김	37 위기의 여자 시몬 드 보부아르 / 손장순 옮김
5 생의 한가운데 루이제 린저 / 전혜린 옮김	●▽ 38 댈러웨이 부인 버지니아 울프 / 나영균 옮김
6 대지 펄 S. 벅 / 안정효 옮김	39 인간희극 윌리엄 사로얀 / 안정효 옮김
●▽ 7 1984 조지 오웰 / 김승욱 옮김	40 오 헨리 단편선 O. 헨리 / 이성호 옮김
▲●▽ 8 위대한 개츠비 F. 스콧 피츠제럴드 / 송무 옮김	★ 41 말테의 수기 R. M. 릴케 / 박환덕 옮김
▲●▽ 9 파리대왕 윌리엄 골딩 / 이덕형 옮김	42 파비안 에리히 케스트너 / 전혜린 옮김
10 삼십세 잉게보르크 바흐만 / 차경아 옮김	★▲▽ 43 햄릿 윌리엄 셰익스피어 / 여석기 옮김
★▲ 11 오이디푸스왕 · 안티고네	44 바라바 페르 라게르크비스트 / 한영환 옮김
소포클레스 · 아이스킬로스 / 천병희 옮김	45 토니오 크뢰거 토마스 만 / 강두식 옮김
★▲ 12 주홍글씨 너새니얼 호손 / 조승국 옮김	46 첫사랑 이반 투르게네프 / 김학수 옮김
▲●▽ 13 동물농장 조지 오웰 / 김승욱 옮김	47 제3의 사나이 그레이엄 그린 / 안흥규 옮김
★ 14 마음 나쓰메 소세키 / 오유리 옮김	★▲▽ 48 어둠의 속 조셉 콘래드 / 이덕형 옮김
★ 15 아Q정전 · 광인일기 루쉰 / 정석원 옮김	49 싯다르타 헤르만 헤세 / 차경아 옮김
16 개선문 레마르크 / 송영택 옮김	50 모파상 단편선 기 드 모파상 / 김동현 · 김사행 옮김
★ 17 구토 장 폴 사르트르 / 방곤 옮김	51 찰스 램 수필선 찰스 램 / 김기철 옮김
18 노인과 바다 어니스트 헤밍웨이 / 이경식 옮김	★▲▽ 52 보바리 부인 귀스타브 플로베르 / 민희식 옮김
19 좁은 문 앙드레 지드 / 오현우 옮김	53 페터 카멘친트 헤르만 헤세 / 박홍서 옮김
★▲ 20 변신 · 시골 의사 프란츠 카프카 / 이덕형 옮김	★ 54 몽테뉴 수상록 몽테뉴 / 손우성 옮김
★▲ 21 이방인 알베르 카뮈 / 이휘영 옮김	55 알퐁스 도데 단편선 알퐁스 도데 / 김사행 옮김
22 지하생활자의 수기 도스토옙스키 / 이동현 옮김	56 베이컨 수필집 프랜시스 베이컨 / 김길중 옮김
★ 23 설국 가와바타 야스나리 / 장경룡 옮김	★▲ 57 인형의 집 헨리크 입센 / 안동민 옮김
★▲ 24 이반 데니소비치의 하루	★ 58 소송 프란츠 카프카 / 김현성 옮김
A. 솔제니친 / 이동현 옮김	★▲ 59 테스 토머스 하디 / 이종구 옮김
25 더블린 사람들 제임스 조이스 / 김병철 옮김	★▽ 60 리어왕 윌리엄 셰익스피어 / 이종구 옮김
★ 26 여자의 일생 기 드 모파상 / 신인영 옮김	61 라쇼몽 아쿠타가와 류노스케 / 김영식 옮김
27 달과 6펜스 서머싯 몸 / 안흥규 옮김	▲▽ 62 프랑켄슈타인 메리 셸리 / 임종기 옮김
28 지옥 앙리 바르뷔스 / 오현우 옮김	▲●▽ 63 등대로 버지니아 울프 / 이숙자 옮김
★▲ 29 젊은 예술가의 초상 제임스 조이스 / 여석기 옮김	64 명상록 마르쿠스 아우렐리우스 / 이덕형 옮김
▲ 30 검은 고양이 애드거 앨런 포 / 김기철 옮김	65 가든 파티 캐서린 맨스필드 / 이덕형 옮김
★ 31 도련님 나쓰메 소세키 / 오유리 옮김	66 투명인간 H. G. 웰스 / 임종기 옮김
32 우리 시대의 아이 외된 폰 호르바트 / 조경구 옮김	67 게르트루트 헤르만 헤세 / 송영택 옮김
33 잃어버린 지평선 제임스 힐턴 / 이경식 옮김	68 피가로의 결혼 보마르셰 / 민희식 옮김

(뒷면 계속)

| ★ | 69 팡세 블레즈 파스칼 / 하동훈 옮김
| | 70 한국 단편 소설선 김동인 외
| | 71 지킬 박사와 하이드 로버트 L. 스티븐슨 / 김세미 옮김
| ▲ | 72 밤으로의 긴 여로 유진 오닐 / 박윤정 옮김
★▲▽ | 73 허클베리 핀의 모험 마크 트웨인 / 이덕형 옮김
| | 74 이선 프롬 이디스 워튼 / 손영미 옮김
| | 75 크리스마스 캐럴 찰스 디킨스 / 김세미 옮김
★▲ | 76 파우스트 요한 볼프강 폰 괴테 / 정경석 옮김
| ▲ | 77 야성의 부름 잭 런던 / 임종기 옮김
★▲ | 78 고도를 기다리며 사뮈엘 베케트 / 홍복유 옮김
★▲▽ | 79 걸리버 여행기 조너선 스위프트 / 박용수 옮김
| | 80 톰 소여의 모험 마크 트웨인 / 이덕형 옮김
★▲▽ | 81 오만과 편견 제인 오스틴 / 박용수 옮김
★▽ | 82 오셀로 · 템페스트 윌리엄 셰익스피어 / 오화섭 옮김
| ★ | 83 맥베스 윌리엄 셰익스피어 / 이종구 옮김
| ▽ | 84 순수의 시대 이디스 워튼 / 이미선 옮김
| ★ | 85 차라투스트라는 이렇게 말했다 니체 / 황문수 옮김
| ★ | 86 그리스 로마 신화 에디스 해밀턴 / 장왕록 옮김
| | 87 모로 박사의 섬 H. G. 웰스 / 한동훈 옮김
| | 88 유토피아 토머스 모어 / 김남우 옮김
★▲ | 89 로빈슨 크루소 대니얼 디포 / 이덕형 옮김
| | 90 자기만의 방 버지니아 울프 / 정윤조 옮김
| ▲ | 91 월든 헨리 D. 소로 / 이덕형 옮김
| | 92 나는 고양이로소이다 나쓰메 소세키 / 김영식 옮김
| ★ | 93 폭풍의 언덕 에밀리 브론테 / 이덕형 옮김
★▲ | 94 스완네 쪽으로 마르셀 프루스트 / 김인환 옮김
| ★ | 95 이솝 우화 이솝 / 이덕형 옮김
| ★ | 96 페스트 알베르 카뮈 / 이휘영 옮김
| ▲ | 97 도리언 그레이의 초상 오스카 와일드 / 임종기 옮김
| | 98 기러기 모리 오가이 / 김영식 옮김
★▲ | 99 제인 에어 1 샬럿 브론테 / 이덕형 옮김
★▲ |100 제인 에어 2 샬럿 브론테 / 이덕형 옮김
| |101 방황 루쉰 / 정석원 옮김
| |102 타임머신 H. G. 웰스 / 임종기 옮김
| ● |103 보이지 않는 인간 1 랠프 엘리슨 / 송무 옮김
| ● |104 보이지 않는 인간 2 랠프 엘리슨 / 송무 옮김
| ▲ |105 훌륭한 군인 포드 매덕스 포드 / 손영미 옮김
| |106 수레바퀴 아래서 헤르만 헤세 / 송영택 옮김
| ▲ |107 죄와 벌 1 표도르 도스토옙스키 / 김학수 옮김
| ▲ |108 죄와 벌 2 표도르 도스토옙스키 / 김학수 옮김
| |109 밤의 노예 미셸 오스트 / 이재형 옮김
| |110 바다여 바다여 1 아이리스 머독 / 안정효 옮김
| |111 바다여 바다여 2 아이리스 머독 / 안정효 옮김
| |112 부활 1 레프 톨스토이 / 김학수 옮김
| |113 부활 2 레프 톨스토이 / 김학수 옮김
|▲●|114 그들의 눈은 신을 보고 있었다 조라 닐 허스턴 / 이미선 옮김
| |115 약속 프리드리히 뒤렌마트 / 차경아 옮김
| |116 제니의 초상 로버트 네이선 / 이덕희 옮김
| |117 트로일러스와 크리세이드 제프리 초서 / 김영남 옮김
| |118 사람은 무엇으로 사는가 레프 톨스토이 / 이순영 옮김
| |119 전락 알베르 카뮈 / 이휘영 옮김
| |120 독일인의 사랑 막스 뮐러 / 차경아 옮김
| |121 릴케 단편선 R. M. 릴케 / 송영택 옮김
| |122 이반 일리치의 죽음 레프 톨스토이 / 이순영 옮김
| |123 판사와 형리 F. 뒤렌마트 / 차경아 옮김
| |124 보트 위의 세 남자 제롬 K. 제롬 / 김이선 옮김
| |125 자전거를 탄 세 남자 제롬 K. 제롬 / 김이선 옮김
| |126 사랑하는 하느님 이야기 R. M. 릴케 / 송영택 옮김
| |127 그리스인 조르바 니코스 카잔차키스 / 이재형 옮김
| |128 여자 없는 남자들 어니스트 헤밍웨이 / 이종인 옮김
| |129 사양 다자이 오사무 / 오유리 옮김
| |130 순킨 이야기 다니자키 준이치로 / 김영식 옮김
| |131 실종자 프란츠 카프카 / 송경은 옮김
| |132 시지프 신화 알베르 카뮈 / 이가림 옮김
| |133 장미의 기적 장 주네 / 박형섭 옮김
| |134 진주 존 스타인벡 / 김승욱 옮김
| |135 황야의 이리 헤르만 헤세 / 장혜경 옮김